MISTÉR

CW01647677

NINO BRANCHINA

CODICE OMEGA

ROMANZO GIALLO

LEONE EDITORE

Nino Branchina
Codice Omega

ISBN 978-88-6393-316-1

© 2016 Leone Editore, Milano

www.leoneeditore.it

Questa è un'opera di fantasia. Nomi, personaggi, luoghi ed eventi narrati sono il frutto della fantasia dell'autore o sono usati in modo fittizio. Qualsiasi somiglianza con persone reali, viventi o defunte, eventi o luoghi esistenti è da ritenersi puramente casuale.

«La ragione, consapevole di essere mortale
lotta contro la morte.
Questa lotta, fin che dura, è la storia.»

La storia e la morte, Aldo Masullo, 1964

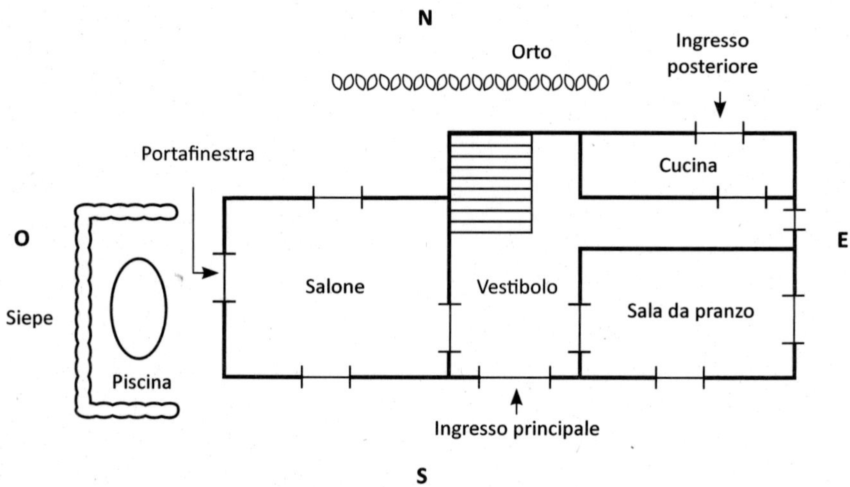

RESIDENZA FORREST PIANTERRENO

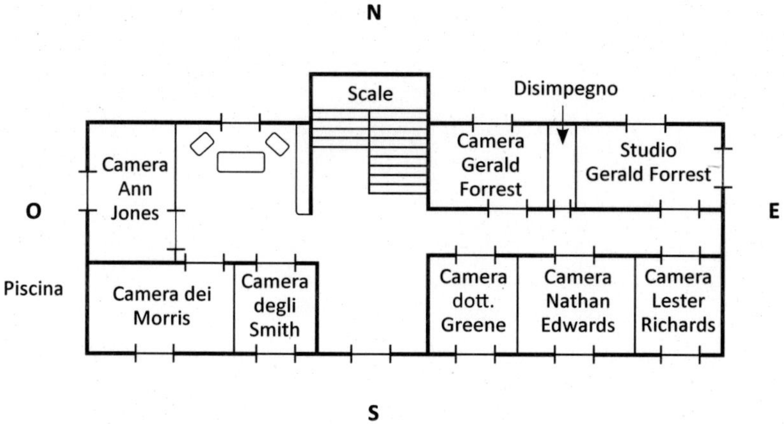

PRIMO PIANO

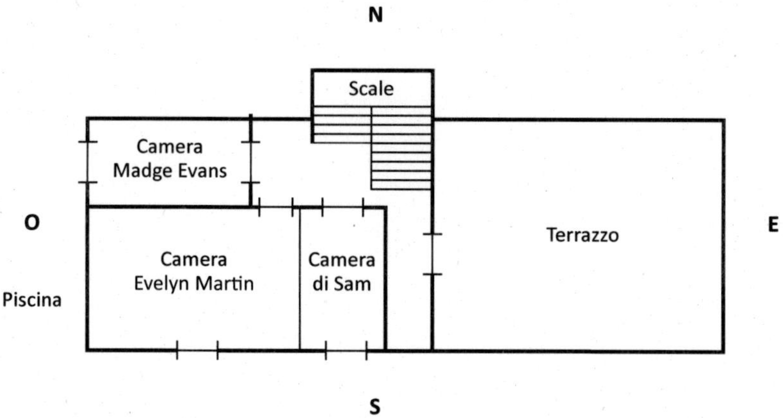

SECONDO PIANO

Ogni caso giudiziario è come un codice segreto che, con grande abilità e tenacia, bisogna decrittare per assicurare alla giustizia un colpevole. Codice Omega, cioè il codice della morte – omega è l'ultima lettera dell'alfabeto greco, come ultima arriva la morte a porre fine a ogni esistenza – è il nome che diedi al complesso degli eventi di cui vi fornisco, ora, un esauriente resoconto.

1

Uno dei luoghi che hanno maggiormente caratterizzato la mia infanzia è senza dubbio il fiume Kentucky. Da ragazzo trascorrevo le vacanze scolastiche con i miei genitori a Nicholasville, un villaggio poco distante dal fiume. Amavo stare seduto lungo il suo argine e immergermi in quell'atmosfera tranquilla, meditativa e vagamente malinconica. All'epoca non riuscivo a capire perché mi sentissi così a mio agio in quel luogo. Dopo tanti anni, credo di essere riuscito a darmi una risposta. Quella particolare atmosfera ha delle precise ragioni morfologiche. Mi piace immaginare che, come affluente dell'Ohio, il Kentucky, che ha origini glaciali, si sia adagiato tra i monti e, una volta accolto, li abbia scavati rimodellandone le valli. In altre parole è stato ospitato dalle montagne e verso la natura non ha mai avuto un atteggiamento aggressivo.

Il mio caro amico Gerald Forrest mi offrì, nell'autunno del 1960, la possibilità di tornare in quei luoghi, invitandomi a trascorrere qualche giorno di villeggiatura nella sua tenuta di campagna a Nicholasville. Avrei così avuto la possibilità non solo di riabbracciare lui, ma anche di rivedere la figlia Stephanie, che un tempo avevo amato. Purtroppo quei giorni mi diedero soprattutto modo di mettere in pratica le mie capacità investigative.

A proposito, mi chiamo Lester Richards e faccio il poliziotto a Lexington, nel Kentucky.

Una Ford coupé grigia si fermò davanti al mio appartamento di Lexington. Ne uscì Andrew Forrest, che mi venne incontro.

«Signor Richards, è un vero piacere rivederla.»

«L'ultima volta che l'ho vista, Andrew, era ancora un ragazzino con i brufoli sul viso.»

«Ricordo molto bene, signore. Entri pure in macchina, penserò io al bagaglio. Le presento la mia ragazza, Ann Jones.»

Seduta al posto di guida c'era una bella ragazza dai lineamenti delicati, gli occhi azzurri e una folta capigliatura nera che le scendeva sulle spalle. Piegò le labbra in un sorriso che mise in evidenza i suoi splendidi denti bianchi.

«Buongiorno, signor Richards. Andrew mi ha parlato tanto di lei.»

«Spero che non l'abbia annoiata troppo.»

Lasciammo la città e percorremmo la Lexington Road verso Nicholasville, nella contea di Jessamine. Durante il viaggio, il giovane Forrest mi informò sugli ultimi eventi che avevano interessato la sua famiglia.

«Mio padre dirige il Forrest Biology Institute da circa trent'anni, come lei sa. Dopo la morte di mia madre andammo a vivere nella campagna di Nicholasville, in quella che un tempo era la nostra residenza estiva. All'inizio ci trasferimmo soltanto io e lui, ma la casa era troppo grande per due persone. Ben presto papà insistette perché anche Stephanie e Reginald si stabilissero lì. Nella casa vivono anche la signorina Martin, la governante, il vecchio maggiordomo Sam e la signora Evans, che si occupa della cucina.»

«Ho sentito parlare molto di Reginald negli ultimi anni. Ho letto con un certo interesse l'ultimo saggio che ha pubblicato sulle possibilità della genetica di influenzare le dinamiche della società umana.»

«E qual è il suo parere?» domandò la ragazza.

«Vuole proprio saperlo?»

«Certo.»

«Ebbene, ritengo che l'esistenza dell'uomo sia la conseguenza di un preciso percorso, le cui leggi vengono amministrate dalla natura... e quest'ultima non tollera alcun tipo di ingerenza. Posso conoscere la sua opinione in proposito, Andrew?»

«Io? Su questi argomenti non credo di avere pareri da esporre. Sin da bambino ho avuto una sorta di avversione, credo congenita, nei confronti di qualsiasi dottrina scientifica. Ne sa qualcosa papà, che avrebbe desiderato che seguissi le sue orme. Posso immaginare il suo sconforto quando venne a sapere che l'unico figlio maschio aveva deciso di sposare la causa artistica. Con questo proposito in mente, un bel giorno decisi di mollare tutto e di andarmene in giro per il mondo.»

«Deve sapere» disse Ann «che Andrew è stato a Parigi, a Roma e a Madrid, le capitali delle massime espressioni artistiche del mondo.»

«Ed è stato ispirato da qualche forma d'arte in particolare?»

«In realtà negli ultimi tempi mi sono lasciato influenzare dal musical.»

La ragazza mi fissò dallo specchietto retrovisore. «Andrew ha già sostenuto diversi provini ed è stato scelto e scritturato per un musical che si terrà a Broadway tra tre mesi.»

«Ma è meraviglioso!» esclamai. «Ottima scelta il musical. Una miscela di teatro, musica, ballo e coreografie.»

«Lei mi piace, signor Richards, è proprio un bel tipo» sorrise la ragazza. «Chi avrebbe mai detto che un arcigno poliziotto come lei s'intendesse anche di queste frivolezze?»

«Be', mi ritengo un uomo poliedrico e dai mille interessi. E l'arte in ogni caso non è mai una frivolezza.»

«Purtroppo le sue idee non somigliano affatto a quelle di mio padre» osservò Andrew scuotendo la testa.

«Credo che, come ogni genitore, voglia soltanto il bene del proprio figlio.»

«E ritiene che sia un bene privarmi della libertà di scelta?»

«È il paradosso dell'amore filiale, Andrew. Amare i propri figli, imponendo loro le proprie decisioni.»

«Be', spero proprio che abbia trovato in Reginald l'uomo e il professionista che desiderava diventassi io.»

«Non sia così severo con Gerald, giovanotto.»

«Non volevo finisse così…» si rammaricò.

Ci fu una pausa di silenzio rotta soltanto dal rumore del motore.

«E di lei, Ann, non mi dice nulla?» Tentai di rompere quell'atmosfera pesante.

«Oh, sono una ragazza molto umile, signor Richards. Provengo da un'amena località del Missouri, vicino Springfield. La mia famiglia non era certo facoltosa e ho dovuto arrangiarmi per guadagnarmi da vivere. Fu quando presi servizio presso la dimora di un noto impresario teatrale di Nicholasville, Nathan Edwards, che la mia vita cambiò.» Strinse, con un gesto affettuoso, la mano di Andrew. «Infatti una sera conobbi questo bel giovanotto, che era ospite a cena dal signor Edwards.»

«Che meraviglia a volte il destino! Non crede, signor Richards?» aggiunse Andrew.

2

Giungemmo alla periferia di Nicholasville poco dopo le cinque del pomeriggio, immergendoci nella splendida campagna della contea di Jessamine. A circa un chilometro dalla cittadina, arrivammo presso una tenuta recintata da un alto muro di pietra. Dopo aver attraversato un pesante cancello in ferro battuto, percorremmo un lungo e ghiaioso viale alberato, al termine del quale si stagliava un edificio a tre piani in mattoni, in stile vittoriano. Dopo aver percorso il semicerchio asfaltato al termine del viale, ci fermammo davanti al portone d'ingresso. La vecchia casa dei Forrest si appoggiava al pendio di una collina da cui si godeva di una meravigliosa veduta del parco circostante, che ospitava numerosi alberi ad alto fusto. Sul lato occidentale della casa faceva bella mostra di sé una piscina, circondata da un'alta siepe ben curata.

I miei occhi vagarono distratti su tutto lo sfarzoso complesso per fermarsi infine sulla donna che ci veniva incontro con le labbra atteggiate a uno splendido sorriso.

«Eccovi arrivati, finalmente. Lester, che bello rivederti dopo tutti questi anni! Non sai quanto sono stata felice quando papà mi ha detto che saresti stato nostro ospite.»

Sceso dall'automobile, mi persi nel caloroso abbraccio di Stephanie Forrest.

Per quella donna gli anni sembravano non passare affatto.

Sempre curata nell'aspetto, vestita con gusto impeccabile, elegante e raffinata nei modi.

«Sei magnifica come sempre, Stephanie. Rivederti è davvero un'emozione.»

«Passano gli anni ma non tramonta mai la tua galanteria. A proposito, hai già conosciuto la signorina Jones?»

«Ho già avuto il piacere.»

«Uhm, scusate… possiamo entrare in casa e lasciare i convenevoli per dopo?» grugnì Andrew.

«Oh, Andrew, accompagna pure in casa il signor Richards» disse Ann. «Voglio parlare con Stephanie.»

«E mi lasci solo così, senza un bacio?»

La ragazza si avvicinò al giovane e gli posò le labbra sulla guancia, fece un gran sorriso e si allontanò in compagnia di Stephanie.

Andrew mi guidò attraverso un breve viale fino al porticato della casa e suonò al campanello. Dopo qualche secondo si sentì spostare il battente e comparve sull'uscio un uomo, in divisa da maggiordomo, che ci fece strada nel vestibolo.

«Buongiorno signor Andrew, sono contento di rivederla. Porto i bagagli nelle sue stanze?»

«Buongiorno anche a te Sam. Alle valigie penseremo dopo, grazie.»

La governante di casa Forrest, la signorina Martin, apparve all'improvviso alle spalle del maggiordomo. La conoscevo da quando avevo cominciato a frequentare, molti anni prima, casa Forrest, e il tempo, anche per lei, sembrava non essere trascorso. Era una donna sui sessant'anni, di aspetto gradevole, che amava truccarsi in modo da dimostrarne qualcuno in meno. Indossava un abito scuro, di buona fattura. Nell'insieme conservava sempre un discreto fascino, sebbene avesse mantenuto un atteggiamento di imperturbabilità e indifferenza che infastidiva. Non avrei saputo dire se fosse impassibile per natura oppure perché educata a soffocare le proprie emozioni.

«Signor Andrew, è tornato. E questo signore?» chiese la donna, sostenendo il mio sguardo. «Oh, ma certo, lei è il signor Richards, l'ospite del professore. È un piacere rivederla dopo tutto questo tempo.»

«Anche per me è lo stesso, signorina Martin» le risposi porgendole la mano.

«Signorina» commentò il giovane rampollo «deve sapere che il signor Richards è il più famoso detective del dipartimento di polizia di Lexington. Io salgo in camera a disfare le valigie e a darmi una rinfrescata. Può accompagnare il nostro ospite da mio padre?»

«Naturalmente» rispose gentilmente la donna. «Mi segua, signor Richards.»

«Non occorre che lo disturbiate adesso. Sarà impegnato con il suo lavoro e…»

«Gli farà solo piacere, signor Richards» mi interruppe bonariamente la donna. «Gradisce una tazza di caffè?»

«L'apprezzerei molto, grazie» le risposi.

«Bene. Sam glielo porterà di sopra, nello studio del professore.» Detto questo, la governante diede l'ordine all'uomo che gli stava accanto e subito dopo mi condusse lungo un'ampia scalinata di granito fino al secondo piano della casa, dove, in fondo a un corridoio sulla sinistra, si trovava lo studio del mio ospite.

Gerald Forrest era un uomo robusto, dall'aspetto ruvido, con i capelli completamente bianchi. Stava seduto dietro un grande scrittoio il cui piano era occupato da numerose dispense e volumi scientifici. Era intento a leggere la posta appena arrivata. Conoscevo Gerald Forrest dal 1945, quando era già un affermato ricercatore all'Università di Lexington. Buona parte dei suoi anni li aveva passati nei laboratori biologici di Pasadena, in California. Il suo fervore intellettuale, unito alla meticolosità con la quale conduceva ogni ricerca, lo rendevano particolarmente adatto alla vita accademica. Era stato allievo del famoso dottor Thomas Morgan che, con i suoi studi sull'insetto Drosophila, era riuscito a dimostrare non solo la veridicità delle leggi genetiche del monaco slovacco Mendel, ma anche a fornire le prove della trasmissione dei caratteri genetici attraverso i cromosomi sessuali.

Appena entrammo si alzò e mi venne incontro, stringendomi calorosamente la mano. Osservai i suoi occhi grigi. Ebbi l'impressione che nell'intimo dei suoi pensieri stesse imperversando un conflitto.

«Lester, che onore averti nella mia casa. Fatti abbracciare... Non sai quanto mi faccia piacere la tua presenza.»

Ricambiai l'abbraccio e, considerando che non era mai stato un tipo molto espansivo, pensai che quel gesto nascondesse un profondo desiderio di conforto.

«Se non ha altre istruzioni da darmi, professore» disse la governante «mi recherei in cucina a dare ai domestici le ultime disposizioni per la cena.»

«Vada pure, signorina Martin, grazie per la collaborazione.»

La donna si mosse silenziosa e scomparve dalla nostra vista dietro la porta.

«Vedo che stavi spulciando la corrispondenza. Ti ho disturbato?»

«Oh, che sciocco che sei. Ora ti spiego. Alfred, il vecchio postino, è andato recentemente in pensione, ed era da due settimane che non ci arrivava la posta. Oggi, finalmente, abbiamo ricevuto la visita del suo sostituto, un ragazzone alto due metri, che ci ha consegnato tutte le lettere che vedi su questa scrivania. Comprenderai che siamo parecchio in arretrato. Ma al diavolo la posta! Dimmi, come stai?»

«Be', non mi lamento» gli risposi. «Ma anche tu, vecchio mio, non te la passi tanto male. Ti trovo in ottima forma. Non mi dirai che con le tue ricerche sei riuscito a scoprire la panacea della giovinezza?»

«Quella la sto ancora cercando, Lester» replicò il vecchio con un sorriso. «In realtà, in questi anni, ho educato il mio cervello al continuo esercizio mnemonico, e il corpo a un'alimentazione sana ed equilibrata.»

«Sei sempre stato un nemico delle gozzoviglie, Gerald» commentai. «Però, nonostante la tua perfetta salute fisica e mentale, stai per lasciare il tuo istituto nelle mani di Reginald. La stanchezza giunge anche per un guerriero come te, o c'è dell'altro che ti turba?»

Il vecchio Gerald mi scrutò stupito. «Come hai fatto a capire?»

«Ti conosco troppo bene per non accorgermi del velo di inquietudine nei tuoi occhi.»

«Sono amareggiato, amico mio» sospirò scuotendo la testa.

«Sono qui per ascoltarti.»

«Per essere un buono scienziato non bisogna possedere soltanto delle reti neuronali perfettamente funzionanti, ma anche quella saldezza d'animo e di cuore che rende la ricerca della verità degna di essere svolta in nome del bene comune. I tempi sono cambiati, Lester» asserì dopo una breve pausa. «Rammento le difficoltà che i provinciali come me incontravano una volta entrati a far parte di certe organizzazioni scientifiche come l'istituto di Pasadena.»

«Sai molto bene che il mondo scientifico è pieno di istituzioni chiuse e diffidenti. Gli estranei non vengono visti di buon occhio, specie quando si presuppone che siano semplici dilettanti.»

«È vero. Ma quando fui messo alla prova e i miei superiori compresero le mie doti umane e di scienziato, frutto di un'assidua preparazione, il mio destino in quell'istituto subì una brusca virata, portandomi a una carriera talmente rapida da lasciare sbalorditi tutti i miei colleghi.»

In quel momento Sam bussò alla porta. Mi servì il caffè e uscì subito dopo.

«Be', ritengo» replicai «che buona parte del tuo successo sia legata anche alla figura dell'illustre dottor Morgan.»

«Già. Non dimenticherò mai quell'uomo. Era fortemente attratto dalle teorie sull'evoluzione, ma anche scettico nei confronti del darwinismo, che considerava speculativo e non fondato su fenomeni verificabili. A onor del vero, in un primo tempo era stato molto critico anche nei confronti del mendelismo. Anzi, ne era di fatto un avversario, ritenendolo frutto delle sterili speculazioni di un monaco che, anziché dir messa, si preoccupava di fare scienza mentre coltivava il proprio orticello. Ma alla fine dovette arrendersi all'evidenza scientifica degli studi effettuati sui suoi moscerini.»

«La famosa stanza delle mosche.»

«Proprio così… Da allora si concentrò completamente su quelle scoperte impegnandosi a darne la dimostrazione pratica. Dalla sua scuola è uscita una generazione di allievi che ha dato un forte contributo alla nascita della genetica molecolare. Erano i tempi in cui non sapevamo ancora nulla del Dna.»

«E di quella generazione facevi parte anche tu, Gerald. Ho sempre ammirato il tuo maestro perché ebbe l'intelligenza di porsi le domande giuste e ottenere così le giuste risposte.»

«Ritengo che il dottor Morgan non fosse in realtà un cieco

oppositore delle leggi mendeliane, Lester, quanto invece uno scettico metodologico. L'osservazione che dimostra l'evidente, l'evidenza che mette fine al dubbio, dando origine al percorso della conoscenza. Ma oggi, mi domando, esiste ancora quell'umiltà nel porsi dinanzi al mistero della vita?»

«Dove vuoi arrivare, Gerald? Ti riferisci forse a Reginald?»

«Reginald è cambiato parecchio negli ultimi anni. Ha abbandonato il suo desiderio genuino di conoscenza per lasciarsi sommergere da una fitta attività di ricerca in campo biologico che crede di legittimare in nome del progresso, con congetture pseudoscientifiche davvero poco condivisibili.»

«Spiegami allora perché stai cedendo proprio a lui il frutto di tanti anni di lavoro.»

«Perché era il desiderio di suo padre, Arkell Smith, con il quale ho un grande debito di riconoscenza.»

«Lo ricordo bene. Ricco industriale siderurgico. Ma cosa c'entra con questa storia?»

«Arkell Smith pagava i conti. Senza il suo aiuto le mie ricerche non sarebbero mai state portate a termine e l'istituto che dirigo non esisterebbe. Quando era in punto di morte, promisi ad Arkell che un giorno il figlio avrebbe preso il mio posto di direttore.»

«Capisco.»

«Hai già visto mio figlio Andrew, Lester? Non sai quanto ho pregato Dio perché lo facesse desistere da quella sua insana voglia di diventare un artista, un giramondo. Cosa resterà della mia passione se non ho saputo trasmetterla al mio unico figlio maschio?»

«Non prendertela, Gerald.»

«Calcare le scene... Spero soltanto che quel ragazzo si renda conto delle difficoltà che lo attendono.»

«Gerald, credo che la vita sia già un dramma di cui tutti siamo inconsapevoli protagonisti. E poi, nonostante tutto, sono del parere che tuo figlio abbia ereditato dalla tua famiglia una certa fierezza, mista a quella forza e a quel coraggio che non lo faranno mai abbattere davanti ai colpi del destino.»

Il vecchio scosse la testa e tirò qualche boccata dalla pipa.

«Sei ancora uno scapolo impenitente, Lester? Chi si prende cura di te?»

«Nessuno, amico mio. Sono talmente preso dal mio lavoro che non trovo tempo per innamorarmi. Perché mi hai fatto questa domanda?»

«Hai già incontrato Stephanie?»

«Sì, appena arrivato.»

«In questi ultimi anni le cose tra lei e Reginald non sono andate troppo bene» affermò, rammaricato. «Mi ero illuso di aver trovato per quella ragazza l'uomo perfetto; intelligente e di bell'aspetto, con una famiglia di industriali alle spalle, profondamente legato al lavoro e alla famiglia.»

Esitai un attimo prima di domandargli: «Non è così? Ho sempre pensato che fossero felici insieme».

«La felicità non si compra facilmente, Lester. Mi rammarico che per i motivi di cui ti ho appena parlato, io abbia dovuto sacrificare i sentimenti di Stephanie per l'uomo che l'avrebbe meritata più di tutti. Potrai mai perdonarmi?»

«Gerald, l'amore nella mia vita ha portato più dolore che felicità. Ma credimi, non ho alcun astio nei tuoi confronti. Il sentimento che provavo un tempo per Stephanie probabilmente non sarebbe durato. Forse è quello che sta succedendo ora a tua figlia e a Reginald.»

«Reginald si è lasciato prendere un po' troppo dalle sue ricerche. Sempre in giro per il mondo, invitato a discutere delle sue idee e dei modi in cui applicarle. Temo che il loro rapporto stia per giungere al termine. Ho sempre avuto un enorme interesse per il mio lavoro, Lester, ma nonostante tutto non ho mai trascurato la mia adorata Allyson.»

In quel momento la governante si introdusse nella stanza.

«Mi perdoni, signore, ma è appena arrivato il pastore Morris. Mi sembra piuttosto agitato e vorrebbe parlare con lei prima di cena.»

«Il pastore Morris?» Gerald era perplesso. «Non capisco il motivo di questa visita inaspettata. Non è ancora ora di cena. Non lo sopporto quell'uomo. Si agita in continuazione anche per cose di poco conto. Spero solo che non sia accaduto nulla di grave.»

«Professore» riprese la donna «mi sono presa la libertà di farlo accomodare e di offrirgli del bourbon.»

«Ah, sì... benissimo signorina Martin, così lo stordiamo prima ancora che apra bocca. Lo faccia venire subito. Vuoi scusarmi, Lester? Ne avrò per qualche ora.»

«Non preoccuparti, Gerald» gli risposi. «Credo proprio che andrò a fare quattro passi nel tuo splendido giardino. Un po' di moto prima di cena mi farà aumentare l'appetito.»

Lasciato il mio amico, scesi le scale e raggiunsi l'atrio. Stavo per varcare l'ingresso quando vidi uscire dal soggiorno Reginald Smith, il marito di Stephanie Forrest. Eravamo stati compagni al college. Lui era molto popolare per via di una notevole prestanza fisica e della chioma bionda che gli conferivano una bellezza invidiabile. A quel tempo era un ottimo giocatore di pallacanestro e militava nella squadra dell'università, i famosi Wildcats. Le ragazze avrebbero fatto follie per uscire una sera con lui. Ora, con il passare del tempo, sembrava molto più sgraziato.

«Lester!» esclamò. «Mi fa piacere rivederti dopo tanto tempo. Ti fermerai a cena con noi?»

«Reginald, nulla avrebbe potuto trattenermi dal far visita a un vecchio amico come Gerald.»

A essere sincero io non ero certamente un bel ragazzo al pari di Reginald, con quella faccia che mi ritrovavo, i lineamenti duri e il naso aquilino. Però avevo una sorta di fascino da mascalzone che mi aveva permesso, in tante circostanze, di portare a cena qualche bella ragazza. Per questo motivo, io e Reginald eravamo sempre in competizione. Lo fummo anche per l'unica donna dalla quale mi sarei fatto portare all'altare: Stephanie, la figlia di Gerald. Ma l'avevo persa anni prima, quando lei e Reginald si erano fidanzati giurandosi amore eterno, poco dopo la fine della guerra. Da anni ormai non pensavo più a lei.

«Dimmi Lester, ti guadagni ancora da vivere andando a caccia di furfanti e mascalzoni?»

Reginald era sempre stato dispettoso e recalcitrante e, sebbene fossero passati tanti anni, il suo carattere non lo aveva abbandonato.

«Be', posso dirti che con lo studio del crimine non ci si arricchisce, ma le soddisfazioni sono tante.»

«Mi è sempre piaciuta la tua modestia, Lester.»

«Attento Reginald, spesso ci si onora disprezzando se stessi.»

«Davvero? Questa non l'avevo mai sentita. Comunque sia, vado a prepararmi, tra poco arriveranno gli altri ospiti.»

«A proposito, chi sono gli altri commensali?»

«A parte tutta la famiglia Forrest e te, saranno dei nostri anche Nathan Edwards, impresario teatrale e amico di famiglia, il dottor Greene, che è arrivato in città da qualche mese, il pastore Morris, per la cui chiesa Gerald e mio padre hanno fatto parecchie opere buone, e Meredith Bennett, la moglie pettegola del pastore, di bell'aspetto ma troppo amante delle maldicenze.»

«Insomma, quella che si dice una chiacchierona?»

«Be', è così che la definiscono nella contea. Si diverte a inventare storie e credo proprio che su certi argomenti farebbe meglio a tacere. A proposito del pastore Morris… Devo lasciarti perché si trova già nello studio di Gerald e ha chiesto di parlare anche con me.»

Girovagai per una ventina di minuti, poi salii in camera, feci un bagno caldo e mi cambiai per la cena. Subito dopo decisi di uscire e di godermi le ultime ore della giornata, sedendomi sotto l'ombrellone accanto alla piscina. Il sole tiepido stava calando oltre l'orizzonte, mentre il cielo si ammantava di una spessa coltre nera. In lontananza serpeggiava il bagliore dei lampi. Ero in vena di meditazioni, disposto a una placida contemplazione della natura. Come un novello Coleridge, mi misi a scrutare, pensieroso, la bellezza della campagna. Ero totalmente immerso nella corrente dei miei pensieri quando udii delle parole, soffocate dalla lontananza, che avrei giurato provenissero dalla cucina. Fui riportato alla realtà.

«E io ti dico che la deve smettere. Non può trattarmi come una stupida alcolizzata. Il Signore è testimone della mia svolta!»

«Signor Richards.» La signorina Martin era comparsa alle mie spalle. «Sono le 20 e tutti gli ospiti sono già arrivati. Attendiamo lei per servire l'aperitivo.»

Tirai fuori l'orologio dal taschino. «Oh, come passa il tempo» le risposi imbarazzato. «Mi perdoni, arrivo subito.»

3

Per tutta la durata del pasto, dopo i convenevoli iniziali, Meredith Bennett monopolizzò la conversazione con una riserva infinita di aneddoti. Alcuni ebbero addirittura l'effetto miracoloso di far sorridere l'austera governante che se ne stava in piedi accanto alla porta a badare che il servizio fosse impeccabile. Terminata l'ottima cena, fummo tutti invitati nell'ampio salone, dove ci fu servito un porto eccellente. «Mia cara, mi dica» chiese la moglie del pastore alla signorina Jones «dove siete stati di bello in queste settimane?»

«Abbiamo girato in lungo e in largo per la California, un incantevole tratto di America. Per una contadina come me è stato un sogno finalmente realizzato, tutto grazie a Andrew.»

«Come vorrei essere stata al suo posto, signorina» sospirò la donna, lanciando uno sguardo tagliente al marito. «Il mio Baldwin non ha nemmeno il tempo per un picnic.»

«Lo sai, Meredith, che per me i viaggi sono una noia mortale» ribatté Morris.

«Avete visitato il parco dei divertimenti di quel produttore cinematografico?» domandò Gerald accendendosi pigramente la pipa.

«Ti riferisci a Disneyland, papà? Sì, e posso dire che ne siamo rimasti meravigliati. I bambini lo adorano.»

«Non poteva essere diversamente» ammise Edwards. «Conosco Walt assai bene e posso testimoniare che ha lavorato duramente per raggiungere un simile obiettivo.»

«Conosci veramente il signor Disney, Nathan?» domandò Stephanie.

«Da parecchio tempo.»

«Non mi rivelate nulla di nuovo, purtroppo» disse Reginald con asprezza. «Mescolate gli uomini ai topi e ai cani, e avrete il divertimento servito su un piatto d'argento.»

«Non ha il senso dell'umorismo, Reginald?» domandò Edwards.

«Be', se ci fosse qualcosa di divertente.»

«Mi pare di capire che non ami molto quel genere di svago, signor Smith» disse il dottor Greene.

«Oh, perché lei lo ritiene un passatempo eccitante?»

«Comunque» mi intromisi «mi sembra il caso di discutere un po' sull'argomento. Non sono un'autorità in materia, ma credo che un po' di sano divertimento si renda necessario per sgravare l'anima dalle tensioni e dalle preoccupazioni che assillano la nostra vita.»

Smith sorrise. «Sono d'accordo, Lester, ma perché mescolarci agli animali? Voi tutti non ritenete che questo genere di iniziative nuoccia allo spirito delle conquiste scientifiche e sociali dell'ultimo secolo? È follia bella e buona.»

«Ma caro, si tratta soltanto di finzione» disse Stephanie.

«Lasciamo volare l'immaginazione e la fantasia» concordò Andrew. «Credo che abbiamo tutti bisogno di sorridere.»

«Voi, artisti…» sbottò Reginald, tenendo l'indice puntato sul ragazzo.

«Nessuno vuole ancora un po' di porto?» La signorina Martin tentò di smorzare il tono del discorso.

«Sicuramente io» rispose prontamente il pastore Morris.

«E lei, signor Richards?»

«Ne gusterò ancora un goccio. Grazie.»

«Lei, Andrew?»

«No, grazie signorina. Preferisco qualche boccata di pipa.»

«Vorrei cercare di chiarire il mio pensiero, signori» continuò Reginald. «Sapete, l'altro giorno sono stato con un amico a Churchill Downs, a Louisville, per assistere a una corsa di purosangue. Uno spettacolo meraviglioso. La vista di quegli splendidi animali, frutto di incroci selezionati, mi ha fatto riflettere molto. Se l'uomo si preoccupa così tanto di accoppiare animali con i caratteri migliori della loro razza, perché mai dovremmo angustiarci dinanzi alla possibilità di fare la medesima cosa nella nostra specie? Se non applichiamo all'uomo gli stessi studi che abbiamo condotto sugli animali, l'umanità intera sarà preda di una corruzione irreversibile.»

L'uomo fece una pausa sorseggiando con gusto il vino, quindi esclamò: «Quanti campi di applicazione ci offre la nuova scienza! Dalla medicina alla politica».

«Oh, l'eterna tensione dell'uomo verso il bello, verso tutto ciò che è armonia e perfezione» disse il dottor Greene.

«L'eugenetica è molto di più, dottore. Non ha letto le opere di Platone per il quale il controllo delle buone nascite è uno strumento formidabile nelle mani di uno stato che voglia mantenere il suo potere?»

«Credo che tu ti riferisca» risposi «al passo in cui il grande filosofo auspica l'unione esclusiva tra uomini e donne con i migliori caratteri, escludendo quella tra uomini e donne con caratteri sfavorevoli, anzi, sopprimendo la loro eventuale prole.»

«Tutto ciò è disgustoso» sbottò Morris.

«E perché mai, pastore?» replicò Reginald. «Dimentica che la Chiesa del medioevo sosteneva fermamente che il corpo umano fosse degenerato in seguito al peccato dei nostri progenitori, e che la corruzione fisica e morale dell'uomo si alimentasse proprio per mezzo dell'accoppiamento, che avrebbe dato origine a individui pervertiti e condannati? Lei si è chiesto perché mai la Chiesa esercita un controllo così attento sulle pratiche sessuali dei suoi fedeli?»

«Be', la questione non sta proprio in questi termini...»

«E quali sarebbero i termini esatti?» lo incalzò Reginald. «Le rammento che già il dottor Huxley e prima ancora Charles Davenport erano dell'idea che le unioni miste dessero luogo a ogni sorta di squilibrio nell'organismo. Non pensa che questa sia un'ingiustizia per l'intera umanità?»

«Conosco alla perfezione le teorie genetiche del professor Davenport» replicò il pastore «e ho letto anche il suo libro sugli incroci razziali in Giamaica. Suppongo che i fautori della genetica razzista del Terzo Reich ne apprezzassero molto il contenuto.»

Reginald Smith fece una smorfia, poi continuò: «Ecco, a causa di tutto ciò, ritengo che oggi la scienza metta a disposizione degli scienziati i giusti mezzi per far fronte al problema. Per esempio, la sterilizzazione di persone anormali o difettose mi sembra ragionevole. Non lo crede anche lei, dottor Greene? In Svezia stanno già procedendo in tal senso, non è vero?».

«Si riferisce a coloro i quali vivono ai margini della società, professor Smith? Non mi va di parlare di queste cose. Sa come la penso.»

«Be', se la coscienza, dottor Greene, non le permette di guardare con obiettività ai reali problemi di quel paese, lo spiego io ai nostri ospiti. Ragioni di ordine pratico hanno imposto tale condotta. L'immigrazione e il pericolo russo ai confini di quelle terre avrebbero potuto far degenerare la razza nordica svedese. Inoltre era necessario ridurre gli alti costi sostenuti dalla società per le sue attività filantropiche nei riguardi delle classi povere e disagiate. Nessuno può negare che l'alcolismo e la criminalità siano figli di questo stato di cose. L'arma della sterilizzazione pone fine a questo incresciosо problema.»

«Le tue idee sono mostruose!» esclamò Stephanie. «Non ne abbiamo già avuto sufficiente esperienza nei campi di concentramento tedeschi?»

L'uomo fece un sorriso forzato. «Oh, mia cara, noi scienziati ci sforziamo di fare nostre le leggi naturali della selezione delle specie. Però non siamo degli assassini senza scrupoli.»

«Ma la selezione della specie prevede che i più deboli periscano a favore dei più forti» osservò pensosa Ann.

«Per ogni obiettivo da raggiungere, c'è sempre un prezzo da pagare, signorina.»

«E non le sembra troppo caro, Reginald?» gli domandò Edwards.

«Capisco cosa intende, Nathan» ammise l'uomo. «E tu cosa ne pensi di tutto questo, Lester?»

«Uhm... praticare un vero e proprio controllo della società accelerando la selezione naturale. Ritengo che in questo ambito ci sia parecchia confusione, di proposte e di idee. Personalmente, credo che non sia lecito forzare i meccanismi della natura. Ci siamo lasciati alle spalle duri anni di guerra e di morte, perché rendere ancora più oscuro il nostro futuro?»

«Anch'io sono della medesima opinione, signor Richards» ammise Greene.

«Il mio parere è che non esiste perfezione che possa essere raggiunta in questa vita» sentenziò il pastore Morris. «Credo che dobbiamo avere un rapporto sano con ogni turbamento, sia del corpo che della mente.»

«Oh, la perfezione… ci arriveremo, pastore Morris. Ci arriveremo.»

«Non sfidi il Signore con la sua presunzione di scienziato!» esclamò Morris.

«La morte è un ostacolo alla conoscenza…»

«Alla conoscenza, Reginald, o al potere?» gli domandai.

Reginald Smith mi fissò a lungo. Gocce di sudore gli imperlavano la fronte. Non rispose alla mia domanda, ma portò il bicchiere alle labbra e bevve un sorso.

«La morte, dottor Smith» asserì Morris «arriva per tutti. Siamo tutti mortali.»

Reginald scosse il capo in segno di disapprovazione. «Resto del parere che le concezioni soprannaturali della teologia siano tali da sconvolgere nella mente umana quelle idee, semplici e naturali, che potrebbero rendere la nostra specie perfetta e longeva. Se i piani del suo Dio sono questi, preghi perché non si preoccupi più di noi.»

«L'uomo crea ciò che vuole e crede in ciò che vuole» sentenziò Morris.

«Lei e la sua religione… Sfruttate l'insensatezza degli uomini.»

«Per favore signori» intervenne Gerald «vi prego di difendere le vostre opinioni in un clima di genuina cordialità.»

«Sei un po' nervoso stasera, Reginald?» domandò Andrew sarcastico.

«Non soltanto stasera, Andrew. Lo stress mi sta consumando; è da qualche settimana che soffro di sudorazioni e tremori, specie la notte. La vista talvolta sembra annebbiarsi, il cuore mi scalpita nel petto. Capita a chi esercita una professione gravosa come la mia.»

Andrew imprecò silenziosamente. Nessun suono uscì dalle sue labbra.

«Hai già consultato il dottor Greene?» gli domandò il vecchio Gerald.

«Perché non mi ha parlato anche di questi disturbi, professor Smith?» domandò Greene.

«Crede che un uomo impegnato come me abbia anche il tempo di farsi una chiacchierata con un medico?»

«Non può continuare a reggere questi ritmi, signore» replicò Greene. «Prima o poi ne dovrà pagare il conto.»

Reginald sembrò infastidito dalle parole del giovane medico. Si rivolse al suocero: «A proposito Gerald, abbiamo appuntamento in istituto, domani alle 9 in punto, per definire gli ultimi accordi sul passaggio della direzione».

«Be', in alto i calici allora e brindiamo a te, Reginald, perché le tue brillanti idee possano trovare realizzazione nella pratica, per il bene della nostra società.»

Il volto di Andrew si accese di rabbia.

«Certo, brindiamo pure al nostro illustre scienziato!» sbottò il giovane.

«Andrew, ti prego» mormorò Stephanie, prendendogli dolcemente il braccio. «Forse hai bevuto troppo, non dovresti…»

«Lasciami parlare, sorellina!» esclamò l'uomo divincolandosi. «Papà, perché non hai mai avuto parole così pregne di orgoglio per il tuo unico figlio? Il mio desiderio di calcare le scene è così terribile per te? Non hai mai pensato a come potessi sentirmi senza il tuo appoggio?»

«Calmati, Andrew» rispose Gerald stringendosi nelle spalle. «Ti prego, non stasera…»

«Tuo padre ha ragione, Andrew» concordò Reginald. «Non è questo il luogo e il momento di discutere dei tuoi dissapori.»

«Non perdi occasione di ferirmi, vero Reginald? Cosa vuoi di più? Occupi già nel cuore di mio padre il posto che spettava a me.»

«Andrew, figlio mio, perché parli così?»

«Lascia perdere papà... lascia perdere. Me ne vado da quest'inferno.»

Andrew Forrest si portò il bicchiere alle labbra e bevve l'ultimo sorso. Poi, davanti agli sguardi perplessi di tutti, pregò Sam di accompagnarlo fuori dal salone. Ann, in lacrime, fece per corrergli dietro, ma Stephanie la trattenne. La ragazza rimase al suo posto, corrucciata. Pochi secondi dopo vidi Sam affacciarsi all'uscio e prendere ordini dalla governante.

L'atmosfera era piuttosto pesante. Mi alzai dalla poltrona e, meditabondo, mi diressi alla finestra. L'oscurità del cielo venne illuminata da saette serpeggianti, seguite dai cupi boati dei tuoni. Il pastore Morris sobbalzò sulla poltrona. Una violenta tempesta si abbatté sulla zona.

«Dio mio, che diluvio!» esclamò la signora Morris. «Come faremo a tornare a casa?»

«Posso proporvi di essere miei ospiti per stanotte, signori?» si affrettò a chiedere Gerald. «Con tutta quest'acqua le strade saranno impercorribili. Abbiamo camere sufficienti per tutti.»

«Accetto senza dubbio, signor Forrest» rispose immediatamente il pastore.

«Credo che farò lo stesso anch'io» aggiunse il dottor Greene.

«Be', io invece credo che tornerò a casa» asserì Edwards.

Reginald inarcò le sopracciglia. «Ma come, Nathan, rifiuti l'ospitalità di Gerald?»

«Non direi proprio. Devo prepararmi a un importante impegno d'affari e...»

«Ti prego, Nathan» lo invitò ancora Reginald. «Ho bisogno di parlarti, più tardi.»

Edwards fece un sorriso. «Allora se insisti...»

«Molto bene.» Gerald sembrava soddisfatto. «Signorina Martin, si accerti che i signori abbiano tutte le comodità per la notte.»

«Sarà fatto, signore.»

Mentre tutti si apprestavano a lasciare il salone, mi avvicinai a Gerald e gli misi una mano sulla spalla per confortarlo.

«No, Lester. Voglio stare da solo. Ti prego...»

Accompagnati dalla governante uscimmo dal salone, dirigendoci alla scala. A un angolo del vestibolo vidi Sam mormorare alla signorina Jones: «Cupido's Shack, a mezzanotte». Incrociato il mio sguardo, la ragazza corrugò lievemente la fronte.

«Non sente Morfeo cingerla dolcemente con le braccia?» le sorrisi.

«Eccome, signor Richards, sono stanchissima» rispose lei congedando il maggiordomo. «E come se non bastasse, sono molto turbata per l'accaduto.»

«Oh, non si preoccupi. Andrew è un bravo ragazzo. Vedrà che alla fine si sistemerà tutto.»

«Lei è una brava persona, signor Richards» rispose con un sorriso. «Credo che incontrarla sia stato un segno del destino.»

«Mia cara Ann, posso parlarti in privato?» Reginald si fece avanti. «Ti ruberò soltanto qualche minuto.»

«Certo, Reginald. Sarebbe così gentile da attendermi, signor Richards?» mi chiese la ragazza.

«Senz'altro, signorina.»

I due si allontanarono di pochi metri e poco dopo la ragazza fu di ritorno.

«Reginald si è scusato per come ha trattato Andrew in mia presenza. In realtà ho sempre pensato che dietro al suo atteggiamento duro ci fosse anche un cuore.»

«Le persone, cara signorina Jones, vanno comprese e mai giudicate.»

Le offrii il braccio. Lei vi poggiò delicatamente la mano e insieme salimmo alle nostre camere. L'ultima cosa che vidi fu il dottor Greene che chiedeva a Reginald di parlare in privato.

4

Mi bastò distendere le spalle sul comodo materasso per chiudere subito gli occhi, immergendomi in quel bizzarro e misterioso mondo del subconscio che chiamano sogno. Non ricordo da quanto tempo mi ero assopito quando fui destato dal soffiare lamentoso del vento che percuoteva la finestra in modo sinistro. Una folata più energica la spalancò all'improvviso e il gelo mi fece rabbrividire. Mi alzai per andare a chiuderla. Uno scoiattolo, con straordinaria agilità, balzò all'interno, nascondendosi sotto le lenzuola. Ebbi compassione del povero animale e lo accolsi. Mi rimisi a letto e, stupefatto, mi accorsi che lo scoiattolo era stato sostituito da un lupo, che mi fissava con occhi di fuoco. Fui assalito dal terrore e cominciai a sudare. Di fronte a me, la signora Meredith, la moglie del pastore, raccontava le sue storielle e rideva di gusto, incurante della mia paura, quasi divertita dal mio sguardo atterrito. Rideva, rideva.

Aprii gli occhi e l'incubo si dileguò. Sentii un rumore di passi concitati nel corridoio e subito dopo dei colpi ripetuti alla porta.

«Dio mio Lester, svegliati!» La voce di Gerald era strozzata dall'apprensione. «È successo qualcosa di orribile!»

Guardai le lancette dell'orologio: erano le 7.20. «Cosa succede Gerald?»

«Reginald è morto nella piscina! Ho già chiamato lo sceriffo.»

Mi alzai immediatamente e, dopo essermi vestito in fretta, corsi fuori dalla camera.

La signora Morris se ne stava in vestaglia e cuffia da notte sull'uscio della sua stanza.

«Perché questo trambusto, signor Richards?»

Un brivido mi percorse non appena il mio sguardo si posò su di lei. Era proprio come l'avevo vista nel mio incubo. Semplicemente orribile. Le lanciai un'occhiata sbrigativa, senza risponderle.

«Su, Meredith, fatti da parte» le disse il marito abbottonandosi i pantaloni. «Non capisci che è successo qualcosa di spiacevole?»

Sul pianerottolo del primo piano si affacciarono il dottor Greene e Sam, che stringeva in una mano la cassetta degli attrezzi. La signorina Jones era sulle scale assieme all'impresario Edwards.

«Santo cielo, credevo ancora di sognare» disse la ragazza. «Signor Lester, cosa è successo?»

«Una disgrazia al signor Smith.»

«Lo dicevo che prima o poi quell'uomo avrebbe ceduto» mormorò Greene.

La moglie del pastore ci raggiunse ansimante nel vestibolo.

«È così eccitante! Sembra un gioco per bambini.»

«Allora farebbe meglio ad acquietare la sua eccitazione!» si intromise un uomo in divisa. «Non siamo affatto di fronte a un gioco! La faccenda è molto seria. Il signor Smith è morto!»

Lo stupore si stampò sui volti degli assonnati ospiti.

«Ma com'è possibile?» si domandò la signorina Jones.

Stephanie Forrest, chiaramente scossa, si avvicinò a me. «Ti prego Lester… stammi vicino.»

«Questa storia non mi piace assolutamente, Baldwin» disse la moglie del pastore. «Torniamocene immediatamente a casa.»

«Suvvia, Meredith, non essere così impressionabile.» Il marito si sforzava di consolarla.

«Non credo sia questo il momento, signora» le risposi seccamente. Poi domandai all'uomo in divisa: «Sceriffo, vuole fornirmi qualche dettaglio? Mi chiamo Lester Richards e sono un detective della polizia di Lexington».

«Con questa premessa vuole forse arrogarsi qualche diritto?» L'uomo sembrava piuttosto scortese.

«Lester, amico mio, che sorpresa! Cosa ci fai qui?» mi sorprese una voce alle mie spalle.

«Giudice Wilson, che piacere!»

L'uomo si affrettò a chiarire l'equivoco. «Sceriffo Harris, le presento Lester Richards, uno dei migliori poliziotti che può vantare il nostro stato.»

Strinsi la mano all'uomo. Era di altezza media, piuttosto pingue, con guance purpuree e una bocca piccola. Di primo acchito, mi ispirò solo antipatia.

«Uhm, certo, certo.» Lo sceriffo trasudava indifferenza.

«Stamattina poco prima delle 7» spiegò Wilson «lo sceriffo ha ricevuto una telefonata da parte del professor Forrest. Il suo maggiordomo alle 6.30 ha trovato il cadavere e lo ha avvertito. Si è precipitato fuori e ha constatato che il genero era morto. Dopodiché ha fatto la telefonata. Questo è tutto quello che sappiamo, per ora. Devo confessarti che non è un caso che io mi trovi qui. Reginald Smith era ben visto a Washington dai pezzi grossi della Difesa, per via delle sue ricerche. Qualcuno mi ha incaricato di capire cosa è successo. Capisci?»

«Perfettamente, Wilson. Conosco Gerald Forrest e la sua famiglia da molti anni. Qualche giorno fa mi ha invitato a una cena che, nelle sue intenzioni, avrebbe dovuto suggellare il passaggio di consegne per la direzione del suo istituto. Gerald lo ha guidato per quasi trent'anni. Posso dare un'occhiata al corpo e al terreno circostante?»

«Certamente, Lester» annuì l'uomo. «Il dottor Rodríguez dovrebbe essere già arrivato. Sceriffo Harris, faccia sistemare i signori nel salone e poi ci accompagni sul luogo del ritrovamento.»

Attraversammo il vestibolo e, appena fuori, lo sceriffo ci guidò verso l'ala occidentale della casa. Arrancando, ci trovammo improvvisamente di fronte a Nathan Edwards, che non si era accorto della nostra presenza. Si aggirava nello spazio antistante la piscina, osservando ogni movimento degli uomini dello sceriffo.

«Non è un bello spettacolo, vero signor Edwards?» gli chiese Wilson.

«Cosa? Come ha detto? Oh, è lei giudice Wilson.»

«Volevo dire che era talmente assorto da non accorgersi di noi.»

«Se è così, perdonatemi.»

«Signor Edwards, può riferirci i suoi movimenti di ieri sera?»

«Signori, ho una certa fretta. Domattina devo recarmi a Beverly Hills per un importante appuntamento di lavoro con Vincente Minnelli.»

«Conosce personalmente Vincente Minnelli?» domandò meravigliato Harris. «È uno dei miei registi preferiti. Accidenti, cosa non farei per avere un suo autografo! E poi scandali sui giornali, chiacchiere maligne, belle donne… Purtroppo non ho avuto la vocazione dell'attore.»

«Ha la sua di vocazione, sceriffo» rispose l'impresario. «L'importante, a ogni modo, è dare il meglio di se stessi. Non crede? Per quel che riguarda la sua richiesta, signor giudice, ho già messo al corrente il qui presente sceriffo Harris di tutto ciò che sapevo.»

«Potrebbe tornare utile riferirlo nuovamente» gli rispose Wilson seccamente. «E questa volta a me.»

«D'accordo, d'accordo» tagliò corto Edwards poco convinto. «Posso avere una delle vostre Winston?»

Wilson annuì, prese il portasigarette e lo porse all'uomo.

L'uomo aspirò un paio di volte prima di aprire bocca. «Ieri sera, il signor Smith mi ha chiamato nel salone per discutere con lui di una certa faccenda.»

«A che ora?»

«Alle 23.30.»

«Era da solo?»

«Quando ho raggiunto la porta del salone, stava uscendo il dottor Greene. Mi parve piuttosto seccato. Dalla sua espressione, giurerei che avevano avuto un diverbio.»

«Ha idea di cosa possano essersi detti?» chiesi incuriosito.

«No.»

«Dica» azzardai «l'incontro era legato, per caso, alla sua attività di impresario?»

«Be', direi proprio di sì. Ho in cantiere parecchi progetti, e Smith mi ha chiesto di aiutare il cognato. Insomma, voleva che lo scritturassi per una parte.»

«Ma, da quel che mi risulta, Andrew ha già fatto un provino e dovrebbe debuttare a Broadway in un musical.»

L'uomo sbatté le palpebre sorpreso. «Broadway? Non sapevo di questa svolta della carriera di Andrew.»

«Uhm, strano» mormorai dubbioso.

«Smith si preoccupava per Andrew?» chiese Wilson.

Edwards sorrise ironico. «Credo che dietro questo suo interesse, signor giudice, ci fosse soltanto il proposito di tenerlo lontano da questa casa e da se stesso. A tal riguardo, signor Richards, credo che abbia ancora in mente il dopo cena di ieri sera.»

«Assolutamente» concordai.

«Un cinico e un calcolatore» commentò Harris, mal celando il proprio disgusto.

«E le sue intenzioni invece?»

«Erano, e sono tuttora, unicamente quelle di aiutare quel ragazzo.»

«A quanto pare è molto legato a lui» osservò Harris.

«Certamente. Oltre a essere un ottimo ragazzo, ha un grande talento, sceriffo.»

Wilson buttò il mozzicone della sigaretta a terra e lo spense con un'energica pressione della scarpa. «Si è fatta un'idea di cosa possa essere successo ieri notte?»

«Nemmeno una» rispose Edwards.

«Provi a ricordare. Finito il colloquio, a che ora è rientrato in camera?» domandai.

«Con certezza non saprei. All'incirca alle 23.45.»

Lo guardai con calma. «E non ha notato nessun altro in piedi a quell'ora?»

«Soltanto il maggiordomo, che doveva rimettere in ordine la stanza.» A quel punto l'uomo azzardò: «Posso andare ora, signori? Vi ho già detto di quell'importante impegno professionale».

«Mi rincresce, signore» rispose Wilson «ma non posso accordarle il permesso di lasciare la contea, tantomeno lo stato; almeno fino a quando non sarà fatta piena luce su questa faccenda.»

L'uomo serrò le mascelle in un chiaro segno di nervosismo.

«Non mi dica che è disorientato, signor Edwards» gli disse Harris fissandolo dritto negli occhi.

«Perché, non mi è concesso? Ho fatto quello che desideravate, ho risposto alle sue domande e a quelle del giudice. Perché non posso lasciare la città, dunque?»

«Perché» m'intromisi «potremmo avere ancora bisogno della sua testimonianza. La prego di non allontanarsi dalla sua attuale residenza.»

Un pallore mortale investì il viso di Nathan Edwards. Scosse il capo in un cenno di saluto e si allontanò brontolando.

Harris lo accompagnò con la coda dell'occhio. Poi ci avvertì: «Fate attenzione, signori. Il suolo è piuttosto scivoloso».

5

Il corpo di Reginald Smith galleggiava come un ramo secco.

«“Dove c’è una grande volontà non possono esserci grandi difficoltà.”» L’uomo in abito gessato se ne stava in piedi, con le braccia incrociate dietro la schiena, a osservare con disappunto gli agenti in divisa fermi lungo i bordi della piscina, che a loro volta osservavano la salma.

Lo sceriffo imprecò. «Cosa fate lì con quell’aria sbigottita?» tuonò ai suoi uomini. «Non avete mai visto un cadavere in acqua? Cercate qualcosa che assomigli a un rampino e tiratelo fuori! Non vedete che il dottor Rodríguez freme e dice cose senza senso?»

«Credo che si tratti di una massima del Machiavelli, sceriffo» precisò Wilson. «Probabilmente il dottore è un amante dei classici.»

«Uhm, il temporale di ieri sera ha creato un terribile disordine» mormorai guardandomi attorno.

Il fango ricopriva il pavimento attorno alla piscina, e in parte si era sedimentato sul fondo della vasca. Le siepi erano state sferzate e parzialmente piegate dal vento. Il tavolo abbattuto, le sedie capovolte. Il corpo senza vita di Reginald completava, come l’ultima pennellata di un pittore, l’orrore della scena.

Il cadavere era prono, con le braccia aperte e la testa rivolta verso il basso, le gambe leggermente flesse. Fu tirato fuori dall'acqua. Indossava quelli che ritenni fossero i vestiti della sera precedente.

Chiesi al dottor Rodríguez, che lo ispezionò per circa venti minuti, il permesso di poter esaminare il corpo. Mi furono consegnati un paio di guanti e iniziai un'attenta osservazione. Il dottor Rodríguez mi fissava curioso.

«Le devo delle scuse, detective Richards» esordì lo sceriffo in tono più bonario. «Forse non ricorda, ma ci siamo già incontrati in passato, quando fornì il suo aiuto al mio predecessore nella risoluzione del caso di quello sconosciuto trovato morto sulle rive del Kentucky. Nulla di complesso, se ben ricordo, soltanto una piccola complicazione familiare; ma nonostante tutto rimasi impressionato dalla sua abilità.»

«Rammento molto bene» gli risposi impassibile.

«Però, detective» continuò «credo che in questa faccenda lei non mi sarà di nessuna utilità.»

«Potrei sapere il motivo?» Mi accostai per osservare più da vicino il corpo.

«Perché il caso mi appare estremamente semplice.»

Scrutai lo sceriffo con sguardo interrogativo. «Da che cosa lo arguisce?»

«Mi sembra chiaro. Niente sangue, nessun trauma, la posizione del corpo...»

«Ergo?»

«L'uomo è caduto nella piscina mentre faceva quattro passi dopo cena, ed è affogato. Una morte accidentale.»

«Capisco... Le ricordo però che ogni morte si porta dietro il suo fardello di misteri, sceriffo.»

«Ecco, dimenticavo che lei è anche un filosofo.»

«Sceriffo Harris» replicai «crede veramente che il professor Smith, anziché starsene a letto con la moglie, abbia preferito scendere in piscina, con la temperatura rigida di stanotte, soltanto per fare quattro passi? Le rammento inoltre che la cena è terminata alle 21.30.»

«Le sue conclusioni appaiono improbabili anche a me, sceriffo» aggiunse Wilson.

«Allora» il medico legale si spazientì «desiderate sentire le mie conclusioni preliminari oppure continuare a scambiarvi frecciatine?»

«Ma certo, dottore, siamo tutt'orecchi» replicò Harris sbrigativo.

«Ci illumini con la sua scienza.»

«Molto bene» rispose l'uomo curvandosi sulla salma. «Il poveretto non presenta tracce di schiuma all'interno delle narici o nella bocca. Le ipostasi sono presenti ma poco diffuse e di colore scuro. Prego, osservatele su viso, spalle e torace. Nessuna lesione sul corpo eccetto…»

«… eccetto quel piccolo foro circondato da un lieve ematoma sul lato destro del collo» mi lasciai scappare a voce alta. Il medico legale corrugò la fronte. «Dottor Rodríguez, perdoni la mia interruzione inopportuna.»

«Lasci perdere, signor Richards… e comunque ha ragione, sembrerebbe il foro di un ago. La camicia e i pantaloni indossati dalla vittima sembrano intatti. Considerata la rigidità del cadavere e la temperatura della notte, direi che il decesso è avvenuto da circa sei ore. Dunque la morte risalirebbe a un periodo di tempo compreso tra la mezzanotte e le 2 del mattino. Sarò più preciso tra alcune ore, dopo aver portato a termine l'autopsia.»

«Dottor Rodríguez» mi intromisi «da quello che ha detto mi è parso di capire che esclude la morte per annegamento.»

«È stato lesto a cogliere le mie conclusioni, detective Richards. È così. Credo di poter dire con sufficiente sicurezza che Reginald Smith non è annegato.»

«Si può sapere cos'ha in mente, dottore?» intervenne Wilson aggrottando la fronte.

«Semplice... Se quello su cui sto rimuginando corrisponde a verità, quest'uomo è stato assassinato.»

«È quell'ematoma sul collo a darle questa convinzione?» domandò ancora Wilson.

«Il problema non è l'ematoma, ma ciò che può averlo causato, signor giudice» concluse Rodríguez. «Be', vedremo, signori... vedremo.»

Giunse il carro funebre, che portò il corpo di Smith all'obitorio.

Diedi ancora un'occhiata ai bordi della piscina parzialmente ricoperti dal fango a causa dalla tempesta della sera precedente.

«È un osservatore piuttosto meticoloso, detective Richards» commentò Rodríguez mentre raccoglieva gli attrezzi del mestiere.

«Sa» risposi «non è raro identificare il colpevole di un delitto grazie agli indizi che emergono dalla prima ispezione.»

Il dottor Rodríguez fece un sorriso, ripose gli strumenti nella borsa e si congedò.

Harris si stropicciò gli occhi e si stiracchiò. «Va bene, ho capito. Torniamo in casa e interroghiamo tutti.»

«Sceriffo» disse Wilson «mentre noi tre ci occupiamo dei residenti della casa, mandi i suoi uomini a ispezionare minuziosamente la residenza e il parco per trovare qualsiasi minimo indizio che possa far luce sul caso. Faccia venire anche i ragazzi della scientifica per raccogliere ogni impronta rilevabile.»

Harris annuì mentre io seguii Wilson nell'ingresso. Sam ci

venne incontro facendoci strada nel vasto salone dove la sera precedente avevamo discusso con grande animosità delle idee di Reginald.

Gerald Forrest se ne stava seduto in poltrona, i lineamenti contratti dalla tensione. Stephanie, in piedi, fumava nervosamente una sigaretta, con lo sguardo fisso oltre la portafinestra dalla quale poche ore prima era stato avvistato il cadavere. Gli ospiti erano seduti sul divano, sotto lo sguardo stanco degli uomini dello sceriffo. Appena ci vide entrare Gerald si alzò e ci venne incontro.

«Dio mio! Giudice Wilson, Lester, sceriffo… volete spiegarci cosa è successo al povero Reginald?» domandò preoccupato.

Lo invitai a sistemarsi nuovamente sulla poltrona.

«Abbiamo ascoltato con molta attenzione le prime conclusioni del medico legale» spiegò lo sceriffo. «Lui ritiene che il signor Smith possa essere stato assassinato.»

«Il signor Smith ucciso?» chiese il dottor Greene.

«Purtroppo» sentenziò Morris «dal giorno in cui Caino uccise suo fratello, gli uomini sembrano maledettamente assetati di sangue.»

«E come è successo?» domandò con curiosità morbosa la signora Morris.

«Mi gira la testa… vi prego, aiutatemi.» La voce di Stephanie era flebile e lei iniziò a barcollare.

Le corsi incontro. Era piuttosto pallida e stava per accasciarsi sul pavimento. Aiutato dalle robuste braccia dello sceriffo, la sollevai, adagiandola sul divano.

«Qualcuno può prendere un bicchiere d'acqua, per favore?» gridò il dottor Greene. «E portate anche i sali.»

«Meredith, credi che siano domande da farsi in simili circostanze?» il pastore Morris richiamò la moglie.

«Non pensavo che una semplice domanda potesse creare questo scompiglio» ribatté la donna arrossendo leggermente.

«Oh Dio...» La signorina Jones, in lacrime, si sedette accanto a Stephanie. «Tutto questo non ha senso. Dottore, è grave?»

«Ha semplicemente perso i sensi, signorina Jones» le rispose Greene. «Guardi, sta già riaprendo gli occhi.»

«Che paura che ci hai fatto prendere, piccola mia» le disse dolcemente il vecchio Forrest.

Il dottor Greene scosse la testa. «Non è molto forte, signora, e questa vicenda l'ha terribilmente scossa.»

«Oh papà... è terribile.»

«Possiamo tornare nelle nostre case, signor giudice?» chiese il pastore Morris.

«Signori, abbiamo parecchie formalità da sbrigare prima» rispose Wilson. «Devo chiedervi di trattenervi ancora per qualche ora. Le vostre dichiarazioni potrebbero esserci di inestimabile aiuto.»

«A tal proposito, professor Forrest, vorremmo sentire i domestici, se è d'accordo. Abbiamo il permesso di utilizzare il salone?»

«Certamente, giudice Wilson» replicò Gerald. «Agisca come ritiene più opportuno. A proposito, troverete me e mia figlia nello studio. Discuteremo là dentro.»

«Signorina Martin» proseguì Wilson «vuole essere così gentile da accompagnare i signori nelle rispettive camere? Ascolteremo le dichiarazioni di ciascuno di loro in questo salone.» Poi si rivolse a Harris: «Sceriffo, sia cortese, inviti il maggiordomo a raggiungerci».

Mentre Wilson si accendeva una sigaretta, mi accomodai sulla sedia e allungai pigramente le gambe sotto il tavolo. Tirai fuori dalla tasca della giacca il mio taccuino e mi preparai ad annotare qualche appunto.

Sam arrivò poco dopo.

«Signor Davis» esordì Wilson «è da molto che è al servizio della famiglia Forrest?»

«Se la memoria non m'inganna, sono esattamente quindici anni. Quando il professore decise di stabilirsi in campagna, lo seguii senza esitare.»

«Dunque, quando è arrivato, Allyson, la moglie del professore, era ancora in vita» aggiunsi.

«È così, signore. Rammento la tristezza di quei giorni trascorsi in città.»

«Ha scoperto lei il cadavere, stamani?»

«Sì, signore, erano appena passate le 6.30. Come ogni mattina, ho iniziato il mio giro rassettando questo salone. Appena ho aperto la tenda della portafinestra che si affaccia sulla piscina, mi sono accorto del corpo del signor Smith e ho subito avvertito il professore.»

«Come sapeva che si trattava del signor Smith?» chiesi perplesso. «Galleggiava a faccia in giù, e poi non era facile riconoscerlo a quell'ora del mattino.»

Sam rimase impassibile per qualche momento, come per riflettere sulla risposta migliore da dare.

«Be', ho immaginato che fosse lui perché stamattina, mentre facevamo colazione, la signora Evans mi ha riferito un episodio strano…»

«Vuole quindi soddisfare la nostra curiosità confidando anche a noi che cosa le ha detto la cuoca?»

«Ha detto di aver visto il signor Reginald in compagnia di un angelo. All'inizio non volevo crederle.»

«E il motivo?»

«Madge Evans» confessò l'uomo a bassa voce «ama farsi qualche goccio prima di mettersi a dormire.»

«Qualche goccio di cosa?» chiese Harris.

«Bourbon, signore» rispose Sam.

«Ne sapremo di più chiacchierando con la diretta interessata» dissi, lasciando perdere la questione. «E lei, Sam, si è fatto un'idea di ciò che è accaduto stanotte?»

«No, signore, per niente.»

«Vuole parlarci di ciò che ha fatto ieri sera subito dopo cena e prima di andare a letto?» chiese Wilson.

«Bene, signore. Ricordo di aver accompagnato alla porta il signor Andrew e subito dopo…»

«Un momento» lo interruppe Harris corrugando la fronte. «Chi è questo signor Andrew?»

«Il figlio del professor Forrest, sceriffo» spiegò Wilson. «Prosegua pure, Sam.»

«Allora, dicevo… subito dopo ho aiutato la governante, la signorina Martin, a sistemare gli ospiti nelle rispettive stanze. Erano passate le 23 quando il povero signor Reginald, piuttosto scosso oserei dire, mentre stava per chiudersi nel salone con il dottor Greene, mi chiese di ricordare al signor Edwards del loro appuntamento.»

«Ma guarda un po'» commentò Harris corrugando la fronte. «E così il dottor Greene è rimasto a parlare con Reginald Smith?»

«Sì, signore. Sono rimasti chiusi nel salone per alcuni minuti.»

«Uhm, interessante. Ovviamente non conosce i contenuti del colloquio.»

«No, signore. Posso dirle, però, che il dottor Greene appariva piuttosto agitato.»

«Capisco. Quindi, subito dopo, è stata la volta del signor Edwards.»

«Sì, alle 23.30.»

«E lei cos'ha fatto dopo che tutti e due sono andati a letto?»

«Non tutti e due, signore, solo il signor Edwards.»

«Il signor Smith è rimasto nel salone?»

«Esatto. Si è messo a leggere un libro.»

«Quindi?»

«Sono entrato in salone, ho portato in cucina i bicchieri sporchi, ho chiuso le tende della portafinestra e gli ho augurato la buonanotte.»

«Ha controllato, prima di andare a letto, che il portone d'ingresso fosse chiuso?»

«Lo faccio sempre signore, ma, per abitudine, non lo chiudo mai a chiave.»

Con un cenno della mano invitai il maggiordomo a fermarsi un istante.

«Sceriffo, ho notato, entrando dentro casa, che il portone e la serratura sono intatti.»

«Assolutamente, detective» rispose Harris. «Nessun segno di forzatura.»

«Perfetto. Sam, vada pure avanti.»

«A che ora è salito in camera?» proseguì Wilson.

«Alcuni minuti prima di mezzanotte.»

«Oh, un particolare...» lo interruppi ancora. «Quando ieri pomeriggio sono arrivato, accompagnato dal signor Andrew e dalla signorina Jones, il cancello era aperto.»

«La mattina e il pomeriggio è sempre così, signore. Un tempo avevo io l'incombenza di chiudere e aprire il cancello, ma ora con i miei reumatismi non mi muovo più con scioltezza. Per evitarmi ulteriori fatiche, il professor Forrest ha deciso che il cancello può rimanere aperto fino a sera, quando viene chiuso dal giardiniere.»

«E in assenza di quest'ultimo, se si rendesse necessario uscire, chi ha l'incarico di aprirlo?»

«Io, signore. Dolori permettendo» sospirò l'uomo.

«L'ora di chiusura di ieri sera?»

«Come sempre alle 20, signore, poco prima di cena. D'altronde gli ospiti erano già tutti arrivati.»

«Ritiene possibile che qualcuno si sia introdotto nella tenuta prima di quell'ora?»

«Impossibile, signore. Greg Martin ci avrebbe sicuramente avvertito della presenza di estranei.»

«E chi sarebbe questo signor Martin?»

«Il giardiniere di casa Forrest, giudice Wilson» rispose il domestico. «È un veterano di guerra, un brav'uomo. Si occupa lui del mantenimento del verde, e poco prima di andarsene chiude anche il cancello della tenuta. Il professore nutre una grande fiducia nel signor Martin, che tra l'altro è il fratello della nostra governante.»

«Oh, un bel quadro familiare» commentai. «E adesso dove si trova il signor Martin?»

«Stamani è arrivato in ritardo» rispose l'uomo dispiaciuto. «Si è scusato, riferendomi di alcuni impegni personali. Credo che, al momento, possiate trovarlo in giardino.»

«Va bene Sam, è tutto per il momento» concluse Wilson. «Ci faccia la cortesia di chiamare la cuoca.»

Madge Evans arrivò in compagnia della governante, che ci chiese il permesso di restare. La cuoca aveva circa cinquant'anni. Era di statura media e aveva un fisico piuttosto robusto. Sul viso ovale dalle guance rubiconde brillavano due occhi piccoli e vivaci. Ci disse subito che la sera precedente, dopo aver pulito la cucina, si era coricata intorno alle 23.45.

«Signora Evans, vuole raccontarci cosa ha visto ieri sera?» chiesi. «Se mi hanno riferito bene, la finestra della sua camera da letto si affaccia proprio sulla piscina.»

«Esatto, signore. Da lì si gode tra l'altro di una magnifica vista dei boschi circostanti. Un vero paradiso.»

«Ne siamo a conoscenza, signora.» Harris non riusciva a trattenere la sua impazienza. «Vuole, per cortesia, rispondere alla domanda del detective Richards?»

«Signore, ricordo che era da poco passata la mezzanotte e stavo chiudendo le imposte della finestra della mia camera prima di mettermi a letto, quando ho sentito delle voci confuse provenire dalla piscina. Mi sono affacciata e ho visto il signor Smith rannicchiato. Accanto a lui c'era qualcuno, ma la scarsa illuminazione e la nebbia mi hanno impedito di distinguere se si trattasse di un uomo o di una donna. La sua chioma, però, era completamente nera.»

«Quindi non l'ha visto in faccia!» grugnì Harris.

«È quello che ho detto.»

«Una visione certamente terribile...» mormorò Wilson.

«Ho inteso bene, signora Evans? Ha detto che il signor Smith era rannicchiato?»

«Uhm... ho creduto che lo fosse, ma forse era soltanto seduto sulla panchina.»

«Cosa crede che stessero facendo?»

«Lì per lì ho pensato che stessero parlando.»

Studiai attentamente la donna. Probabilmente fui l'unico ad accorgermi che, prima di rispondere alle domande, la Evans continuava a lanciare sguardi al volto arcigno della Martin.

«Molto interessante» dissi, con noncuranza. «Crede che vi abbiano vista?»

«Non credo, signore. Sono stata molto attenta a non fare alcun rumore e ho spento a tal proposito anche la luce. Comunque» continuò «mi sono fatta un'idea ben precisa dell'accaduto.»

«Cosa intende dire?» domandò Wilson. «Non stavano soltanto parlando?»

«Certamente, signore.»

«Accidenti! Vuole parlare chiaramente?» sbottò Harris.

La donna assunse un'espressione cupa. «Ritengo che per quell'uomo irritante e insopportabile fosse giunta l'ora del giudizio. Vedete, ogni uomo crede di poter vivere in eterno. Nessuno pensa che, prima o poi, arriva per tutti il momento di rendere conto dei propri misfatti davanti al tribunale del Signore.»

Mi sforzai di trattenere il sorriso che cercava di comparire sulle mie labbra. «Crede forse di aver visto un angelo inviato dal cielo per condannare il signor Smith?»

«Non ho alcun dubbio. Come scrisse il poeta: "Soffici sono i tuoi baci, caldo il tuo respiro. Visione d'amore, angelo della morte". Era lui, Azrael, avvolto nell'ampio mantello color porpora, la folta capigliatura nera, in mano la ferale falce, chino su quel peccatore che invano chiedeva perdono.»

Per un attimo staccai gli occhi dalla cuoca per mettere a fuoco lo sguardo imperturbabile della governante.

«Azrael, l'angelo della morte.»

«È proprio sicura di ciò che dice, signora Evans?» chiese ancora Wilson.

«Le giuro che le cose sono andate precisamente così.»

«Ha detto che la luce era parziale e che c'era una leggera nebbia» la incalzai. «Inoltre era certamente stanca dopo una giornata di duro lavoro e...»

La donna ci guardò perplessa, gli occhi che roteavano, posandosi su ciascuno di noi. «Perché mi fissate così?» domandò. «Non vi sto prendendo in giro. Ho capito, vi hanno forse riferito qualcosa sul mio conto?»

«Nulla di particolare... C'è forse qualcosa che dovremmo sapere?»

«Probabilmente» s'intromise la governante «il fatto che in passato la nostra cara signora Evans idratasse il suo corpo con il bourbon più di quanto facesse con l'acqua.»

«Hai detto bene Evelyn. In passato» ribatté la domestica seccamente. «L'amore di Dio ha illuminato i miei passi allontanandomi dai sentieri del vizio. Se non credete alle mie parole, chiedete pure al pastore Morris.»

«Il pastore Morris ti avrà anche allontanata dalla bottiglia, ma non ti ha insegnato a indossare indumenti consoni alla tua attività in questa casa. Abiti scadenti, scarpe sbagliate. Immagino che tu abbia problemi con il guardaroba, Madge.»

La cuoca fece un sorriso. «Solo perché di recente sono dimagrita e non ho nulla da mettermi. Ti prometto che quanto prima andrò per negozi.»

«Non ha importanza, signora Evans» disse Wilson mettendo fine a quel confronto. «Piuttosto, risponda alla domanda del signor Richards.»

«Senta, signore» disse con un sospiro. «In passato sono stata schiava dell'alcol, ma oggi mi limito soltanto a un bicchiere di latte prima di dormire. Mi aiuta a prendere sonno...»

«Si è davvero limitata a quello?»

«Glielo giuro...» La donna si manteneva sulla difensiva.

«Va bene, signora Evans» disse Harris tranquillizzandola. «Ha detto che questa misteriosa persona indossava una veste rossa. Ho inteso bene?»

La cuoca fece un sorriso pungente. «Oh, almeno c'è qualcuno che presta maggiore attenzione alle mie parole. Esatto, sceriffo, una lunga veste rossa.»

Wilson scattò dalla sedia, visibilmente irritato. Gli misi una mano sulla spalla e lo pregai di pazientare ancora un po'.

«Ha sentito cosa si dicevano?» le domandai. «Una frase, qualche parola...»

«No, signore. In realtà ho avuto l'impressione che il signor Reginald rantolasse.»

«Che rantolasse?» Wilson corrugò la fronte.

«Però posso anche essermi sbagliata...»

«Va bene, signora Evans, grazie per il suo contributo.» Wilson si voltò con impazienza verso la porta. «Per il momento non abbiamo più bisogno di lei. È tardi e credo di aver rubato fin troppo tempo alle sue incombenze. Resti comunque a nostra disposizione.»

La domestica esitò per un attimo, poi si alzò e fece per uscire.

«A proposito, Madge» disse la signorina Martin «a pranzo considera lo stesso numero di coperti di ieri sera.»

Appena la donna scomparve dietro la porta, mi alzai e iniziai a passeggiare, sorridendo, lungo la stanza. Lo sceriffo non perse tempo. «Detective Richards, mi sembra piuttosto divertito da ciò che ci ha riferito la signora Evans.»

«Sceriffo, di solito a un testimone chiediamo soltanto di riferire i fatti relativi all'evento cui ha assistito.»

«Senza tenere conto delle loro conclusioni?» chiese Wilson.

«Be', ritengo ragionevole aspettarsi che il testimone dia anche una sua personale interpretazione, utilizzando gli strumenti che l'esperienza, la cultura e le conoscenze mettono a sua disposizione. Ma è chiaro che se quelle conoscenze sono errate, le deduzioni conseguenti sono inaffidabili.»

«Con ciò lei rifiuta la conclusione cui è giunta la signora Evans?»

«E quale sarebbe questa conclusione? Reginald che viene punito dall'angelo della vendetta? Applicando semplicemente il concetto del rasoio di Ockham, ritengo piuttosto che si tratti del prodotto di una mente che ha sofferto a lungo.»

Harris si accigliò. «Ha uno strano modo di esprimersi, detective. Vuole prendersi gioco di un campagnolo come me?»

«Il detective Richards» s'intromise Wilson «intendeva dire, in parole povere, che quando ci si trova di fronte a diverse possibilità, in genere la più semplice e di solito la più razionale è anche quella che bisogna accettare.»

«Infatti» proseguii cercando di spiegare meglio il mio punto di vista «considero più ragionevole pensare a un colpevole in carne e ossa, piuttosto che a un misterioso personaggio alato. Non ha senso affidarsi alla metafisica quando si cerca il colpevole di un omicidio.»

Feci una breve pausa, poi lanciai uno sguardo alla governante. «Per cortesia, signorina Martin, le dispiacerebbe dire a suo fratello Greg di raggiungerci per scambiare due parole?»

«Signore, perché vuole vederlo?» domandò turbata. «Che cosa c'entra mio fratello con questa storia?»

«Suo fratello» spiegò Wilson «è rimasto nella tenuta durante tutta la mattinata e il pomeriggio di ieri. È possibile che abbia visto eventuali estranei nei pressi della casa. Si tratta di una semplice formalità.»

«Oh, che sciocca che sono! Signori, perdonate la mia domanda» disse tranquillizzandosi. «Sono certa che Greg risponderà a tutte le domande che vorrete porgli. Posso però chiedervi di raggiungerlo in cucina? Sta pulendo alcuni attrezzi ed è meglio che non entri con il suo abbigliamento da lavoro in un luogo che i domestici hanno appena pulito.»

«Se la cosa la infastidisce così tanto, signorina Martin, vedremo suo fratello in cucina.»

Greg Martin era seduto su una vecchia sedia, i gomiti poggiati sul tavolo. Era intento a oliare una grossa cesoia. Non appena ci vide, sollevò stancamente lo sguardo, ci scrutò per un istante, mormorò un saluto e continuò la sua occupazione. La signorina Martin si sporse su di lui e lo baciò sulla fronte.

«Greg, i signori sono della polizia. Sono venuti per parlare con te.»

«Cosa volete sapere?» domandò l'uomo con voce bassa.

Fu Wilson a rispondergli: «Signor Martin, credo che sia già a conoscenza della terribile sorte capitata al signor Smith l'altra notte».

«Venendo al lavoro, stamani, ho visto le auto della polizia e l'ambulanza. Mia sorella mi ha raccontato tutto.»

«Conosceva il signor Smith?»

«Il famoso scienziato della buona razza? Sì, lo conoscevo, ma il nostro rapporto si è sempre limitato al semplice saluto, e per un uomo come quello credo che fosse anche troppo.»

«Reginald Smith non era molto cordiale con i dipendenti della casa?»

«Diciamo che la cordialità la riservava a quelli del suo ceto sociale. È stato ucciso, non è così?»

Lo sceriffo ignorò la domanda. «Vuole dirci cosa ha fatto la mattina della tragedia?»

«Quello che bisogna fare in questo periodo dell'anno, signori. Potare e sfoltire le piante del giardino.»

«La sua attività si limita al mantenimento del parco o è anche un sorvegliante?»

«Perché questa domanda?»

«Magari ha visto qualcosa che potrebbe aiutare nelle indagini. Sembra che il signor Smith sia stato ucciso sul bordo della piscina e dal momento che le porte erano tutte chiuse dall'interno e non presentano segni di forzatura, abbiamo ipotizzato che ci fosse un estraneo nel parco.»

«Vengo pagato soltanto per fare il giardiniere» tagliò corto l'uomo. «In ogni caso, se fosse entrato qualcuno, di certo lo avrei notato. Verso le 17 ho scorto la macchina del signor Andrew con a bordo il detective Richards e la signorina Jones, e più tardi ho visto arrivare tutti gli altri ospiti.»

«Ne è assolutamente certo?» incalzò Harris.

Greg Martin corrugò la fronte. «Dubita delle mie parole, sceriffo?»

«No, ma forse potrebbe non essersi accorto della presenza di qualche estraneo» ribatté Harris. «Diamine, non può avere occhi dappertutto!»

«Eppure, sceriffo, è proprio questa qualità che mi ha permesso di servire il mio paese durante la guerra.»

«Oh, è stato un soldato dunque.»

«Sì signore, e ne sono fiero.»

L'uomo sembrò finalmente scuotersi. Le sue mani abbandonarono la cesoia e si misero a frugare nelle tasche dei pantaloni tirando fuori un pacchetto di sigarette e i fiammiferi.

«Fanteria?»

«Settimo corpo, signore, quarta divisione di fanteria, reparto esploratori» rispose accendendosi una sigaretta.

«Quindi ha combattuto durante lo sbarco di Normandia?»

«Sì, signore, a fianco del generale Bradley, che con la sua intelligenza tattica ci permise di sfondare le linee nemiche nel settore occidentale del fronte, provocando la ritirata dei tedeschi. Fu un'estate meravigliosa!»

«Dunque quella cicatrice sulla mano se l'è procurata in battaglia?»

L'uomo fissò il palmo della sua mano sinistra e sospirò. «Sì signore, la cartuccia 7,92 millimetri di una Karabiner 98k tedesca. E se volete impressionarvi di più vi mostro un'altra cosa.»

L'uomo alzò la gamba destra dei pantaloni, scoprendo una vasta cicatrice che dal ginocchio si estendeva a buona parte della gamba.

«Una granata. Un bel ricordino, non credete?»

«Dunque, signor Martin» continuò imbarazzato Wilson «quella sera a che ora ha finito con le sue incombenze?»

«Qualche minuto prima delle 20.» Martin si mise a posto i pantaloni. «Ho riposto gli arnesi nel capanno e poi mi sono messo in macchina.»

«È solito avvertire qualcuno prima di andare via?»

«Sì, signore, mia sorella e Sam.»

Allungai lo sguardo verso la governante, che annuì con il capo.

«Abita lontano?»

«A poco più di un chilometro da qui.»

«E subito dopo cosa ha fatto?»

«Sono andato in città, ho cenato e me ne sono tornato a casa. Mi sono messo subito a letto.»

«Ha dormito da solo?» domandò secco Harris.

«Nessuno può testimoniare di avermi visto dormire, sceriffo, se è questo che voleva sapere» replicò l'uomo. «Adesso, se non avete altre domande, avrei parecchio lavoro da fare. Come avrete visto, le aiuole e le siepi sono da rimettere a posto, e l'area attorno alla piscina è da ripulire.»

«Può andare, signor Martin» lo congedai. «Se avremo bisogno ancora di lei chiederemo a sua sorella.» L'uomo si alzò con difficoltà dalla sedia, prese in mano la cesoia e si allontanò con un movimento anserino.

«Greg è l'uomo più dolce che si possa immaginare» commentò la donna con tenerezza. «È cresciuto con Andrew, per questo il professore nutre per lui un affetto particolare. È molto fiero del suo passato militare e, tornato dal fronte, fu assunto dal professore come giardiniere. Mise a sua disposizione anche la casa in cui vive attualmente, non lontano da qui, lungo la strada che conduce a Wilmore. Successivamente ottenne anche un impiego presso la casa del nostro pastore Morris. Purtroppo, lontano dall'esercito, il destino non è stato generoso con quel ragazzo. Le sue infermità, infatti, lo hanno logorato psicologicamente: vive come un eremita, di giorno qui nella tenuta a occuparsi delle piante, e la sera a consumare qualche bicchiere nei locali della città, piangendo le sue miserie.»

«Probabilmente avrebbe bisogno di qualcuno accanto.»

«Intende una donna? Oh, Greg è molto rozzo… non sa esprimersi in modo sdolcinato come fanno oggi i giovanotti. Inoltre si vergogna troppo delle sue condizioni e preferisce starsene da solo piuttosto che tentare un approccio amoroso.»

«Non avete i genitori o altri fratelli, signorina Martin?»

«No, signor giudice, siamo soltanto io e lui. I miei genitori sono morti quando Greg era ancora piccolo, e io ho dovuto fargli da madre, oltre che da sorella.»

«Credo che quel ragazzo abbia tutte le ragioni per avere turbamenti d'umore» commentò Wilson.

«Signorina Martin, ha consultato qualche specialista?» le domandai. «I farmaci moderni sembrano piuttosto efficaci nell'attenuare questi disturbi depressivi.»

«Il professor Forrest si era fatto carico di questo problema e lo aveva pregato di recarsi dal dottor Greene, ma quel ragazzo è irremovibile. Anch'io ho fatto la mia parte cercando di persuaderlo a mettersi nelle mani di quel giovane medico.

È molto in gamba; io stessa ho avuto modo di apprezzarne le doti professionali visto che viene spesso in visita qui.»

Mentre parlavamo, la porta del salone si aprì e apparve qualcuno sull'uscio, in compagnia di uno degli uomini di Harris.

«Mi scusi, sceriffo, ma questo signore ha molta fretta di parlare con lei.»

«Oh, a proposito del dottor Greene, eccolo» disse la Martin.

«Signori, sono il medico personale del professor Smith e ritengo di avere il diritto di sapere ciò che gli è successo.»

Harris stava per aprire bocca, forse per contraddirlo, dal momento che si trattava di un'indagine di polizia, ma seppi anticiparlo e, con il consenso di Wilson, lo invitai a entrare.

«D'accordo dottore, entri pure e si metta comodo.»

«Forse sono di troppo» disse la governante. «Scusatemi, signori, vado a occuparmi delle mie mansioni.»

Harris l'accompagnò e si chiuse la porta alle spalle.

Il dottor Greene era sui quarant'anni, piuttosto alto e robusto. Il suo portamento eretto e sicuro era tipico di chi aveva passato parecchio tempo al fronte. Nel suo sguardo si poteva leggere una nota di malinconia, in netto contrasto con il suo aspetto esteriore.

«Allora, posso finalmente sapere cosa è capitato al signor Smith?»

«Reginald Smith è stato presumibilmente assassinato.»

«Dio mio… in che modo?»

«Attendiamo i risultati definitivi della perizia del medico legale, il dottor Rodríguez.»

«Conosco il dottor Rodríguez» ammise Greene. «Abitiamo nello stesso palazzo, giù in città. Come si presentava il corpo?»

«Il cadavere non aveva traumi né da arma bianca né da fuoco» rispose Wilson. «Nessuna traccia di sangue. Solo una piccola ferita sul collo.»

L'uomo si voltò verso il giudice, curioso. «Una ferita sul collo?»

«Esatto» risposi.

«Ritenete che questo particolare possa semplificare il caso?» commentò Greene.

«E in che modo?»

«Be', forse la puntura di qualche insetto.»

«È presto per dirlo» replicò Wilson. «Ne sapremo di più appena andremo all'obitorio.»

«A proposito, dottore, durante la cena ricordo che il signor Smith ammise di soffrire di alcuni disturbi. Mi è parso di capire che lei ne fosse già a conoscenza. Può dirci qualcosa in più?» chiesi con interesse.

Greene si drizzò sulla sedia, una chiara espressione di perplessità sul volto.

«Non si preoccupi, dottore» lo tranquillizzò Wilson. «La sua etica professionale è al sicuro. Il rapporto confidenziale che la legava al signor Smith credo sia decaduto con la sua morte. Non è dello stesso parere?»

«Credo che abbiate ragione, signori» ammise l'uomo. «Il professor Smith era affetto da quella che Ippocrate definiva "malattia sacra".»

«Cos'è lei, dottore, un altro filosofo?» grugnì Harris.

«Mi perdoni, sceriffo» rispose dispiaciuto. «A volte dimentico che i miei interlocutori non hanno le adeguate conoscenze per comprendermi.»

«La malattia sacra, sceriffo» precisai «era la definizione che gli antichi davano dell'epilessia.»

«Cercherò di spiegarmi con parole semplici. Dovete sapere che le cellule del nostro cervello comunicano mediante la trasmissione di piccole correnti elettriche. In tal modo sono possibili le percezioni e i movimenti. A volte, purtroppo, queste correnti generano esplosioni e piccoli incendi che possono propagarsi a tutto il cervello, alterando lo stato di coscienza, i movimenti del corpo o le sensazioni, per un breve lasso di tempo, almeno fino a quando non vengono domati. È chiaro che non tutti i quadri epilettici sono gli stessi.»

«E il professor Smith da quale forma era affetto, in particolare?»

«Da quella più semplice. Nel suo cervello le esplosioni elettriche coinvolgevano aree piuttosto limitate, almeno nel periodo in cui, per la prima volta, mi descrisse i sintomi. Ricordo che, quando fu sottoposto alla registrazione dei segnali elettrici dell'encefalo, questa rilevò un'attività anormale nel lobo temporale. Così si spiegava il formicolio al braccio e la percezione di odori e sapori strani di cui spesso mi riferiva.»

«Se ben ricordo il professor Smith si lamentò anche di sudorazioni e palpitazioni.»

«Credo che il dottor Selye inquadrerebbe tali sintomi nell'ambito di quelle risposte che l'organismo mette in atto per difendersi da stimoli, fisici e mentali, che ne potrebbero minare l'equilibrio. In conclusione, si può dire che gli eccessi della sua professione stavano compromettendo il suo cervello e il suo corpo.»

«Naturalmente ha spiegato queste cose al signor Smith.»

«In diverse occasioni, ma senza alcun successo, purtroppo. Quell'uomo aveva una perversa tendenza ad annientarsi con il lavoro. Non ne ho mai compreso il motivo, nonostante la sorte gli avesse concesso ogni genere di fortuna, compresa la figlia del professor Forrest, Stephanie.»

«Conosce molto bene la signora Forrest?» chiesi incuriosito.

«Ebbi modo di conoscerla quando venni qui per visitare il padre influenzato.»

«Il professor Smith era sottoposto a qualche terapia particolare» domandò Wilson.

«Sì, gli avevo prescritto del barbitale. Si tratta di un farmaco con una formidabile azione deprimente sulle cellule cerebrali. In tal modo, ho evitato che la malattia subisse un'evoluzione più pericolosa.»

«Uhm, credo di aver compreso perfettamente il problema di Smith. A proposito, dottor Greene, vuole essere così cortese da riferirci i suoi movimenti dopo aver lasciato il salone?»

«Be', ho accettato l'invito del professor Forrest a rimanere ospite a casa sua. Attorno alle 23.15, prima di chiudere gli occhi per un buon sonno ristoratore, mi sono intrattenuto a parlare con il signor Smith.»

«E il signor Reginald era da solo?»

«Quando l'ho incontrato io, sì. Poi, quando stavo per andarmene, mi sono accorto della presenza del signor Edwards fuori dalla porta.»

Si sentì bussare e il volto dell'agente Jenkins comparve sull'uscio. L'uomo, dopo essersi introdotto nel salone, raggiunse lo sceriffo e gli mormorò qualcosa all'orecchio.

«Molto bene…» annuì Harris con la testa. «Giudice Wilson, detective Richards, il dottor Rodríguez ha da poco terminato la sua perizia e ci attende all'obitorio.»

Wilson si alzò dalla sedia, scusandosi con Greene. «Le dispiace se continuiamo questa interessante conversazione in un altro momento, dottor Greene? Siamo attesi dal medico legale, che ci comunicherà i risultati della perizia sul corpo del professor Smith.»

«Oh, vi prego, non preoccupatevi di me» rispose Greene imbarazzato. «Vi chiedo soltanto la cortesia, ovviamente nei limiti della riservatezza delle indagini, di informarmi sulle cause della morte del mio paziente. Si tratta solo di curiosità professionale.»

Harris scrutò l'uomo aggrottando la fronte.

«Be', non vedo alcun motivo per cui non dovremmo soddisfare l'interesse del dottor Greene» ammisi.

«Va bene, la sua richiesta mi sembra ragionevole, dottore» rispose Wilson con piena disponibilità. «A patto che le rivelazioni non intralcino il lavoro della giustizia.»

Lo sceriffo scosse la testa, perplesso.

«Posso chiedervi anche il permesso di lasciare questa casa?» chiese Greene. «Ho parecchi pazienti a cui devo prestare assistenza domiciliare.»

«Certo dottore, vada pure.»

Dopo averci nuovamente ringraziato, il dottor Greene ci strinse la mano e si allontanò frettolosamente.

6

«E il re disse alla regina: "E i vostri sospiri, i vostri sussulti hanno una motivazione? Sforzatevi di comprenderli. Dov'è vostro figlio?". La regina a sua volta rispose: "L'ho veduto stanotte, Amleto. Furioso come il mare e il vento in una notte di tempesta. All'udire il rumore di qualcosa in movimento è subito scattato sfoderando la spada dal fodero e gridando: 'Un sorcio, un sorcio!'. Invece nel suo cieco turbamento ha ucciso, senza vederlo, un povero vecchio".»

«Complimenti, dottore. *Amleto*, quarto atto, prima scena.»

Il dottor Rodríguez ci fissò con un sorriso. «Be', dato che la morte è considerata la più grave disgrazia che possa capitare all'uomo, credo che i defunti siano piuttosto scontenti della loro sorte. Per cui, mentre mi occupo di loro, mi sforzo di rendere piacevole il loro soggiorno. Questa scena dell'*Amleto* è quella che ricordo meglio.»

Harris batté le palpebre, fissando sbigottito il medico legale.

«Ma che magnifica idea la sua, dottore» commentai. «Anch'io adoro i classici... Sono eterni non crede, sceriffo?»

A questa mia battuta lo sceriffo borbottò qualcosa di poco gentile.

«Ha scoperto qualcosa di interessante, dottore?» domandò Wilson sospirando.

«Avevo ragione nel ritenere che la causa della morte di quest'uomo non fosse l'annegamento. Poca acqua nelle vie respiratorie, polmoni non enfisematosi. Smith ha raggiunto l'acqua già cadavere.»

«Altri particolari?» chiesi molto interessato.

«Avvicinatevi e guardate un po' qui.» L'uomo sollevò la testa del cadavere, ruotandola sul lato destro. «Ricordate che vi ho parlato di un minuscolo foro con ecchimosi su questo lato del collo?»

«Ebbene, di cosa si tratta?» domandai incuriosito.

«È un foro praticato dall'ago di una siringa, proprio sulla giugulare. La puntura ha prodotto un piccolo stravaso di sangue.»

«Un veleno?»

«Considerando la dose di sostanza somministrata, direi di sì.»

«Di quale sostanza sta parlando di preciso, dottore?»

«Di barbitale, sebbene non ne abbia ancora la certezza. Ho prelevato campioni di sangue, di tessuto dal fegato e di secrezioni da naso e bocca. Ho rilevato delle microscopiche lesioni e l'odore che emanavano era senza dubbio quello del fenobarbitale. Per avere conferma assoluta delle mie supposizioni, sarà necessario attendere i risultati dei campioni che ho già provveduto a inviare ai laboratori di Lexington. Comunque, ho fatto parecchia esperienza con il barbitale durante gli anni trascorsi nei reparti psichiatrici. La depressione del cuore e del respiro e la conseguente morte sono gli effetti dell'iniezione di una massiccia dose di barbiturici in vena.»

«Da queste conclusioni possiamo dedurre» iniziai «che Reginald Smith sia stato prima narcotizzato e poi ucciso con un'iniezione della stessa sostanza.»

«Uhm… un modo abbastanza insolito per uccidere qualcuno, non credi Lester?» domandò Wilson. «È più facile usare un pugnale o un'arma da fuoco.»

«Credo che dipenda dalle circostanze.»

«Oppure da quello che il caso mette nelle mani dell'assassino» replicò Harris.

«Escluderei la sua seconda ipotesi, sceriffo.»

Harris si girò verso di me con uno sguardo curioso. «E per quale motivo?»

«*Entia non sunt multiplicanda*, dicevano gli antichi. Devo dirle, sceriffo, che affronta il problema nel modo sbagliato. Ancora una volta si è dimenticato che tra le diverse ipotesi bisogna preferire quella che permette una migliore comprensione degli elementi a disposizione senza tenere conto dell'evidenza delle cose.»

«Dannazione, vuole esprimesi in termini più semplici?»

«La sua teoria non chiarisce i fatti in discussione.»

«E quale sarebbe l'alternativa che propone?»

«Un approccio di tipo scientifico che, a partire dalla descrizione del problema, passi per la sua analisi, permettendo la formulazione di ipotesi che devono essere attentamente verificate prima di giungere alla conclusione.»

«Un po' come faccio io con la mia professione di medico» osservò Rodríguez.

«Esatto, dottore» gli sorrisi. «Cominciamo dal problema. Il professor Reginald Smith è stato assassinato e buttato nella piscina di casa Forrest. Analizzando la questione sappiamo che, come il nostro dottor Rodríguez ha accertato con la sua accurata indagine, l'uomo è stato ucciso con una generosa dose di barbitale iniettata nella vena del collo. Per evitare qualsiasi lamento o reazione di difesa, è stato narcotizzato qualche attimo prima. Questo particolare mi suggerisce che chi ha premuto lo stantuffo della siringa abbia agito con crudele premeditazione. Il delitto è stato commesso durante le prime ore della notte quando tutti nella casa dormivano, eccetto la cuoca che, sebbene solo per pochi attimi, ha visto Smith rantolare accanto a un'ambigua figura che, con molta probabilità, era proprio l'assassino. Analizziamo adesso un altro aspetto del problema, il più interessante: come si è materializzato l'autore del delitto? Nelle rappresentazioni teatrali delle tragedie greche il cosiddetto deus ex machina veniva condotto sulla scena da pesanti carrucole. Nel nostro caso, e per ovvie ragioni, scarterei un trucco simile, e d'altronde mi pare di poter ragionevolmente escludere l'intervento di un giustiziere alato, con buona pace della signora Evans. Pertanto, le possibilità razionali si riducono a due: o il nostro uomo si è introdotto nella tenuta prima che Sam attivasse l'allarme oppure, fatto sorprendente, l'assassino era uno degli ospiti di quella notte.»

«Accidenti detective Richards! Con tutte queste analisi lei corre seriamente il rischio di danneggiarsi il cervello e ci allontana dalla soluzione del caso.»

«Certo, sceriffo, è probabile» commentai «ma le assicuro che non giungeremo mai a risolvere l'enigma se non proseguiamo con il giusto metodo.»

«Molto bene, Lester» asserì Wilson. «Consideriamo allora la prima ipotesi, cioè che l'assassino fosse già presente nella tenuta.»

«Un assassino proveniente dall'esterno sarebbe quanto meno munito di armi leste ed efficaci. Pensate a un rapinatore, per esempio. Inoltre dubito che nel nostro caso l'assassino avesse casualmente nelle mani una siringa con del veleno… tranne nel caso in cui la sua brutale condotta fosse stata attentamente pianificata.»

«Va bene, ammettiamo che l'omicida avesse già siringa e

veleno a disposizione. Questo però non esclude che l'assassino possa essere giunto dall'esterno» commentò Rodríguez.

«Gli uomini dello sceriffo hanno attentamente perlustrato il parco e si saranno certamente resi conto della recinzione con allarme che corre lungo tutto il perimetro della casa. Un congegno piuttosto complesso che viene attivato ogni notte da Sam, il domestico, che si è detto assolutamente certo di non aver visto nessuno entrare o uscire dal cancello. Nessuno avrebbe potuto intrufolarsi nel parco senza far scattare l'allarme.»

«Il giardiniere però potrebbe aver fatto entrare qualcuno durante il suo turno di lavoro, non crede?»

«Non ritengo plausibile che Greg Martin sia immischiato in questa faccenda. Si tratta di una persona molto rispettabile, affidabile e onesta, dottore.»

«E per quale motivo la pensa così?» chiese lo sceriffo.

«Ho scorto negli occhi di quel veterano di guerra l'anima di un uomo fiero e orgoglioso di aver combattuto per il suo paese e contribuito a ridare la libertà a popoli oppressi. Il tempo passato e le drammatiche esperienze vissute nei campi di battaglia hanno minato terribilmente il suo corpo, ma non sembrano avergli tolto quella fierezza. Un uomo con questa tempra non può che svolgere con lealtà e in modo impeccabile il proprio lavoro. Senza dimenticare che quell'uomo può contare sulla massima fiducia di Gerald Forrest.»

«E se ci trovassimo davanti a un malato di mente?» sospirò Wilson.

«È un rischio che, nella logica del mio ragionamento, sono costretto a correre» ribattei. «Inoltre mi appare molto più plausibile che l'assassino abbia trovato ospitalità nella casa quella notte.»

«Questa ipotesi apre scenari ancora più incerti, mi pare»

asserì Wilson. «Nessuna delle porte di ingresso era aperta né forzata, quindi…»

«Quindi…» lo interruppi «si potrebbe ipotizzare che qualcuno le abbia aperte per poi chiuderle dall'interno. Molto suggestivo… non credete, signori? Le consiglio, sceriffo, di ordinare agli uomini della scientifica di raccogliere le impronte sulle due porte, quella d'ingresso e quella della cucina, sebbene non mi aspetti risultati clamorosi da questo tipo di indagine.»

Harris si passò la lingua sulle labbra aride e annuì scuotendo lentamente la testa.

«Quindi se quello che dice corrisponde a verità…» Lo sceriffo fece una pausa, fissandomi con aria indagatrice. «Insomma, lei stesso ha dormito in quella casa, il che la rende automaticamente un sospettato.»

Wilson inarcò le sopracciglia.

«Ha ragione, sceriffo» gli risposi con calma «non riesco a immaginare una situazione più strana e inspiegabile di quella in cui mi trovo attualmente. Ma, se non le spiace, vorrei fornirle il mio umile contributo alle indagini.»

«E perché dovrei accettare?» grugnì l'uomo. «Potrei dirle che si trova fuori dalla sua giurisdizione.»

«Senza alcun dubbio» ammisi. «Però crede che abbia un altro modo per dimostrarle la mia estraneità al delitto?»

«Sceriffo Harris» disse Wilson «conosco il detective Richards da così tanto tempo da potermi fidare ciecamente di lui, così come di ogni sua interpretazione, frutto di un'invidiabile conoscenza dell'animo umano e di uno smisurato amore per la verità. Di certo avremo bisogno anche del suo aiuto. Collaboreremo. Se anche tu, Lester, sei d'accordo.»

«E lei, sceriffo, cosa ne pensa?» domandai.

Harris grugnì, ma annuì con la testa.

«Allora siamo intesi.» Wilson sembrava soddisfatto. «Torniamo alla residenza dei Forrest e diamo inizio allo spettacolo.»

«Amo il profumo che si sprigiona dalla terra bagnata. Posso suggerirvi una passeggiata nel parco, signori?» domandai loro. «Chissà che dando un'occhiata alla casa dall'esterno qualche scintilla non illumini le tenebre della nostra mente! Poi visiteremo l'interno.»

Wilson e Harris assentirono.

La pioggia leggera che era caduta fino a quel momento cessò e attraverso il nero delle nubi finalmente filtrò un timido raggio di sole. La casa era circondata da uno stretto corridoio pavimentato, che si allargava in un'ampia piattaforma soltanto nel punto in cui era stata costruita la piscina, per poi restringersi nuovamente lungo il fianco della villa, fino a raggiungere la facciata posteriore. Percorrendo quest'ultima, avevamo sulla sinistra l'orto, con le piante e i frutti in bella mostra, mentre sulla destra, poco prima che il muro curvasse, si apriva la porta della cucina. Attraverso uno stretto viottolo di fianco all'orto, si poteva raggiungere il parco.

In definitiva, sui quattro lati della casa, gli unici accessi erano il massiccio portone d'ingresso e la porta di servizio della cucina, sul retro. Dopo aver percorso l'intero perimetro della casa, giungemmo al punto di partenza e subito dopo varcammo la porta principale.

7

Grande importanza nella risoluzione del caso ebbe l'accurata conoscenza degli spazi della casa e, soprattutto, della disposizione delle camere. Il portone d'ingresso, sulla facciata anteriore rivolta a sud, immetteva in un ampio vestibolo rettangolare sul quale si apriva a sinistra la porta del salone. Da qui, attraverso una portafinestra, era possibile accedere all'esterno, dove si trovava la piscina. A destra del vestibolo si trovava la sala da pranzo. Addossata alla parete, una grande scala a due rampe conduceva ai piani superiori. Ai piedi della scala un breve corridoio si allungava sulla destra, arrivando fino alla cucina.

Al primo piano, che avevo avuto modo di osservare in tutta fretta la sera precedente, si trovava un corridoio in parquet che si estendeva per tutta la larghezza dell'edificio. Sulla destra si aprivano gli ingressi di alcune camere da letto, disposte tutte sullo stesso lato, mentre di fronte, sulla parete rivolta a nord, c'era soltanto una lunga fila di finestre. La stanza di Stephanie e del marito era la più vicina alla scala, al centro si trovava la camera nella quale avevano alloggiato i coniugi Morris, mentre la più vicina al muro occidentale della casa era quella di Ann Jones. Il corridoio, su quel lato, terminava con un'ampia finestra che si affacciava sulla piscina sottostante. Sul lato sinistro del corridoio si trovavano, nel seguente ordine, lo studio di Gerald Forrest accanto alla sua camera da letto e, di fronte, le stanze dove avevamo dormito io, il dottor Greene e Nathan Edwards. Infine c'era una cameretta che veniva utilizzata da Sam come ripostiglio per la biancheria.

L'ultimo piano era invece occupato dalle camere dei domestici e della governante. Percorrendo un breve corridoio, sulla destra si incontrava la camera della signorina Martin, di fronte quella del maggiordomo Sam e, in fondo, quella della cuoca la cui finestra si affacciava, come quella del piano sottostante, direttamente sulla piscina. Sul lato orientale dello stesso piano una portafinestra si apriva su un'ampia terrazza.

Salimmo al primo piano. Mi fermai a riflettere e osservai il pavimento in controluce.

«Una gran bella casa» osservò Wilson guardandosi attorno. «I costruttori hanno saputo disporre alla perfezione gli spazi. Non sei d'accordo, Lester? Lester, mi stai ascoltando?»

«Giudice Wilson» rispose Harris sarcastico «credo che il detective sia troppo impegnato a controllare che il domestico abbia pulito per bene il pavimento.»

«Che hai detto, Wilson?»

«Ma dico, non mi stai nemmeno a sentire?» sbottò il giudice.

«Scusami Wilson, ma i miei sensi sono tutti tesi alla ricerca di qualche dettaglio che smuova la situazione di stallo in cui ci troviamo. Dicevi?»

«Ecco, mi stavo complimentando...»

«Aspetta un momento, amico mio» lo interruppi. «Mi concedi ancora qualche minuto per dare un'occhiata alla camera del defunto Smith?»

«Accidenti, non è facile starti dietro. Non capisco cos'hai in quella testa, ma ti seguo.»

La stanza era piuttosto ampia, arredata in modo semplice,

senza fronzoli. Sulla destra c'era un letto a due piazze. Accanto, un piccolo mobile sormontato da uno specchio, sul cui piano, affollato di prodotti per il trucco, trovava posto anche un cassetta argentata, chiusa con un piccolo lucchetto, con la chiave inserita nella serratura. Di fronte, c'era un ampio armadio. Pochi quadri alle pareti.

Entrai in bagno e osservai un mobile a ripiani inclinati, pieno zeppo di scarpe, e un armadietto del pronto soccorso sulla parete accanto allo specchio. Aprii le ante e diedi uno sguardo alle diverse boccette, disposte in disordine tra le garze e il cotone.

Ritornai nella stanza da letto e, aperte le tende, mi chinai per osservare ancora il pavimento in controluce. Non aprii bocca per tutta la durata del mio giro di perlustrazione. Poi, soddisfatta la mia curiosità, tornammo al piano inferiore.

«Capisco che sei un tipo molto pignolo» disse Wilson «ma vuoi spiegarmi il motivo di tutto questo interesse per il pavimento?»

«È chiaro. Le impronte delle suole.»

«Le impronte delle suole?» Lo sceriffo corrugò la fronte.

«Il pavimento esterno è pieno di terra e acqua» spiegai. «Se qualcuno davvero ieri notte è uscito dalla casa, mi sembra logico che si sia portato dentro anche un bel po' di sporcizia.»

«Certamente» asserì Wilson «ma non credi che Sam, con la pulizia mattutina, possa avere rimosso eventuali tracce?»

«Insomma» risposi quietamente «vuoi dirmi che la casa non è stata perquisita per niente?»

«Be', è così» ammise Wilson fissando lo sceriffo.

«Perbacco!» esclamò Harris stringendosi nelle spalle. «Nessuno di noi si aspettava che un evento così orribile potesse aver avuto inizio in qualche angolo di questa casa. Anche lei ha formulato tardi questa ipotesi...»

«Ha ragione, sceriffo» ammisi con schiettezza. «Però posso consigliarle di controllare le suole delle scarpe di tutti quelli che hanno trascorso la notte in questa casa? Se lo ritiene opportuno, le farò controllare anche le mie.»

Harris fece un sorriso forzato. Probabilmente non aveva gradito la mia battuta.

«Per quanto riguarda le orme sul pavimento» continuai «soltanto il maggiordomo può fornirci questa informazione. Il mio suggerimento, signori, è quello di farci una bella chiacchierata con lui... Sceriffo, può condurre il domestico da noi?»

Dopo qualche minuto, udimmo dei passi avvicinarsi alla porta e, un istante dopo, Harris fece il suo ingresso nella stanza, seguito dal maggiordomo.

«Mi dica, Sam» esordì Wilson «stamattina, mentre era alle prese con le sue incombenze, ha notato se c'erano tracce di terriccio sul pavimento della casa?»

«Be', a essere sincero, sì, signore. Mentre facevo colazione, in cucina, ho notato tracce di fango per terra, come se fossero state lasciate da suole di scarpe.»

«Vicino alla porta che affaccia sull'orto?» continuai.

«Esatto, signore.» Poi spiegò con più accuratezza: «C'era qualche macchia anche vicino alla porta e sullo zerbino del portone d'ingresso».

«Si è fatto un'idea di chi possa averle lasciate?»

«Quelle della cucina credevo fossero di Madge, ma lei mi ha risposto che la sera precedente, per colpa di quel ventaccio, dell'acqua, dei tuoni e dei fulmini, non avrebbe messo il naso fuori dalla porta per nessun motivo.»

«Ciò significa che quando la signora è andata a dormire quelle tracce non c'erano.»

«Credo che sia andata così.»

«Capisco. Quindi la cuoca, questa mattina, ha pulito il pavimento.»

«È corretto, signore. Il tutto andava fatto prima che la signorina Martin scendesse in cucina. Vedete, quella donna è una patita dell'ordine. Insopportabile.»

«Certo, certo» mormorò Wilson con distacco.

«La chiave di quella porta» chiese Harris «chi la conserva?»

«Nessuno, sceriffo. Madge, finite le faccende, la mette in un cassetto del tavolo.»

«Quindi chiunque potrebbe averla presa per aprire la porta.»

«Sì, chiunque.»

«Invece per quanto riguarda le macchie vicino al portone d'ingresso?»

«Posso dirle soltanto che ieri sera, quando ho chiuso a chiave la serratura, il pavimento e lo zerbino erano puliti.»

«Dove tiene la chiave della serratura?»

«Il professor Forrest desidera che venga tenuta nel cilindro così, se dovesse accadere qualcosa, possiamo aprire il portone senza perdere tempo.»

«Ancora una domanda, Sam.» Mi era tornato in mente un particolare. «Stamattina l'ho vista accanto al dottor Greene e stringeva nelle mani la cassetta degli attrezzi. Posso sapere cos'era successo?»

«Nulla di importante, signore. La serratura della porta della camera da letto era rotta e il dottore non poteva uscire. Non ho perso tempo. Ho tirato fuori qualche arnese e l'ho forzata.»

Udite queste ultime parole, congedammo il domestico. Ma mentre stavamo attraversando il vestibolo in direzione del salone, Harris si fermò e invitò Sam a tornare indietro, guardandolo con aria indagatrice. «Uhm… c'è qualcosa che non mi convince e a me non sfugge nulla. Mi dica, dove possiamo trovare il figlio del professore?»

«Non saprei dirle, signore.» L'uomo sembrava dispiaciuto. «Ieri sera il signor Andrew, piuttosto scuro in volto, ha voluto abbandonare immediatamente la casa. Il signor Richards era presente e potrà confermarle la mia dichiarazione.»

«Confermo assolutamente quanto detto da Sam, sceriffo.»

«Sì, va bene, però lei lo conosce molto bene e dovrebbe essere in grado di suggerirci dove potrebbe trovarsi…»

«Io, io…» balbettò il domestico.

«Lasci perdere quel buon uomo, sceriffo Harris» gli dissi benevolmente. «Comunque, se le fa piacere saperlo, la cosa non è sfuggita nemmeno a me, e qualche idea su dove potrebbe essere quel ragazzo me la sono fatta.»

«Molto bene, mi dica» rispose impaziente.

«Lo farò, sceriffo» replicai. «Non ora però. Preferisco proseguire con gli interrogatori di tutti gli ospiti della casa.»

In quell'istante, udimmo dei passi sulla scala. Aprimmo la porta e sull'uscio del salone comparve la signorina Jones.

«Signorina Jones, dove va così di fretta?» domandò Harris.

«Oh, mi è venuta una gran sete e stavo andando in cucina a bere un bicchiere d'acqua.»

«Si accomodi, signorina. Sam, sarebbe così gentile da portare alla signorina qualcosa da bere?» chiesi al maggiordomo.

«Certamente, signore.»

La ragazza si sedette sul bordo del divano, chiaramente disorientata. Le sue dita erano scosse da un leggero fremito.

«Mi sembra molto turbata, signorina.»

«Il fatto è che stamattina mi ero svegliata così tranquilla… poi la notizia della prematura dipartita del signor Smith mi ha turbata parecchio. Capisce, non è vero?»

«Certo, signorina.»

In quel momento bussarono alla porta. Lo sceriffo aprì, lasciando entrare il domestico.

«Oh, ecco Sam.»

L'uomo posò il bicchiere sul tavolo e, dopo un leggero inchino, sparì. La ragazza bevve a piccoli sorsi, guardandosi intorno.

«Da quanto tempo è fidanzata con il figlio del professore?» le domandò Wilson.

«Da quattro mesi circa. Ho conosciuto Andrew Forrest a Nicholasville. Era molto amico del signor Edwards e io lavoravo in casa sua da qualche anno come domestica. Ci siamo piaciuti all'istante. Lei crede nei colpi di fulmine, signor giudice?»

«Ehm… non saprei, signorina.» L'uomo era imbarazzato. «Prosegua pure.»

«In questi mesi, io e Andrew abbiamo viaggiato un bel po'. Tre giorni fa mentre tornavamo da un tour in California, Andrew ha ricevuto una telefonata da suo padre che lo pregava di fare un salto a Lexington per accompagnare qui il signor Richards.»

«Capisco. E riguardo a ieri sera cosa ci dice, signorina?» chiese Harris.

«Erano le 22.15, lo ricordo perfettamente perché ero in compagnia del signor Richards, quando sono salita di sopra, mi sono chiusa in camera e ho iniziato a leggere un libro a letto.» La ragazza fece una pausa, poi si lasciò andare a un'improvvisa ilarità che pareva non avere fine.

«Cosa le prende, signorina?»

«Oh, quella buffa coppia… il pastore e sua moglie. Stavo per addormentarmi quando li ho sentiti litigare. Hanno continuato, imperterriti, per alcuni minuti. Attraverso le pareti di queste vecchie case si sente tutto.»

«E qual era il motivo della discussione?»

«La signora Morris rimproverava al marito di aver accettato quell'invito a cena, mentre lui le rispondeva che si era reso necessario per la ragione che lei conosceva benissimo.»

«Oh, probabilmente il tipico litigio di coppia» sorrisi. «Null'altro?»

«Be', alle 22.50 mi sono alzata per scendere in cucina a bere un bicchiere d'acqua, ed è in quel momento che, dalla finestra, ho sentito delle voci provenire dalla piscina.»

«È riuscita a vedere di chi si trattava?»

«Ma certo. Nonostante una leggera nebbia, la luce dei lampioni era sufficiente a farmi scorgere Reginald e Stephanie.»

«Ha inteso qualcosa della discussione?»

«No, anche perché erano arrivati alla fine. Infatti, dopo qualche istante, Stephanie è rientrata e sembrava piuttosto agitata. Ho pensato che non erano affari miei; per cui ho indossato la vestaglia e sono uscita dalla stanza per scendere in cucina.

Camminando lungo il corridoio ho notato la porta della camera socchiusa e ho sentito Stephanie piangere a dirotto.»

«Ricorda che ore erano?»

«Le 23.20.»

«E cosa ha fatto?»

«Non me la sono sentita di abbandonarla. Ho bussato e sono entrata. Quella povera donna era sconvolta. Mi disse che aveva appena litigato con il marito e che questi le aveva fatto una confessione sconvolgente. Siamo rimaste a parlare per circa un quarto d'ora e ho fatto di tutto per confortarla.»

«La signora Forrest le ha riferito qualcosa dei contrasti con il marito?» domandò Wilson.

«No, signor giudice» rispose la ragazza. «Mi ha pregato di prenderle qualche pastiglia di sonnifero nell'armadietto dei medicinali del bagno. Quando sono uscita dalla stanza, Stephanie sembrava più serena e stava per addormentarsi.»

«Quindi, dalle informazioni che ci ha fornito, sarebbe corretto dire che la signora Forrest ha iniziato a prendere sonno pressappoco alle 23.45?»

«Be' se ha dormito da subito non saprei dirlo, ma di certo era molto più tranquilla.»

«Dica un po', signorina» le chiesi «ci è andata poi a bere il bicchiere d'acqua?»

«Certo, signor Richards. Perché mi fa questa domanda?»

«La signora Evans» le spiegai «ci ha riferito di aver scorto il signor Reginald in compagnia di qualcuno, sul bordo della piscina, poco oltre la mezzanotte di ieri. Lei ci ha appena detto che è uscita dalla camera di Staphanie alle 23.45 circa. È scesa, ha bevuto qualche sorso e poi è ritornata nella sua camera. La sua finestra è esattamente sopra quella della signora Evans, per cui è plausibile pensare che appena rientrata...»

«Comprendo, signor Richards, dove vuole arrivare» m'interruppe la ragazza «ma le assicuro che appena ho rimesso piede in camera, il silenzio è calato nella stanza dei signori Morris. Dovevate sentire come russavano! Mi sono subito addormentata, senza svegliarmi per tutta la notte.»

«Molto bene, signorina Jones» la congedai. «Vada pure e si sforzi di stare più tranquilla.»

«Cercherò, signor Richards. Grazie di tutto.»

Appena la ragazza se ne fu andata lo sceriffo proruppe: «Non avete l'impressione di stare sprecando tempo, signori?».

«Vuole spiegarsi meglio, sceriffo?»

«Mi pare evidente che interrogando i domestici e gli altri ospiti della casa non caveremo nulla. Quali fondamentali elementi credete di trarre dai loro racconti dal momento che tutti se ne stavano nelle loro camere a dormire?»

«Ha ragione, sceriffo, è scoraggiante» ammisi. «Ma da qualche parte bisogna pur iniziare. Andiamo avanti con gli interrogatori.»

8

Harris raggiunse la porta e, nel momento in cui l'aprì, vedemmo la governante che attraversava con lentezza il parquet dirigendosi verso di noi. Dietro di lei c'erano Sam, il pastore Morris e la moglie.

«Ecco i signori Morris.» La signorina Martin si rivolse a noi con aria solenne. «Desiderate fare una pausa o bere qualcosa?»

«Be', a dire il vero mi andrebbe un caffè» mormorò a denti stretti Harris.

«Va bene» sospirò Wilson, guardando di traverso lo sceriffo «vada per il caffè. Nel frattempo potremmo iniziare a fare qualche domanda al pastore Morris e a sua moglie.»

La donna annuì con il capo e diede disposizioni al domestico.

«I signori Morris possono attendere ancora qualche minuto» intervenni, anticipando il mio amico. «Se permetti, Wilson.»

«Oh, ma certo» rispose lui imbarazzato.

«Vedi, approfitterei della presenza della signorina Martin» dissi mentre le facevo cenno di sedersi «per farle qualche domanda. La cosa non le dispiace, vero pastore Morris?»

«Per nulla, detective» brontolò il pastore «per nulla. Comprendo il suo lavoro.»

«Sam…» chiamò la governante.

«Sì, signorina Martin?»

«Accompagni i signori Morris nella sala da pranzo. Se il professore dovesse chiedere di me, gli dica pure che sono qui nel salone.»

«Sarà fatto.»

L'uomo fece un mezzo inchino e uscì, chiudendosi la porta alle spalle.

Wilson tirò fuori il portasigarette e lo porse alla governante.

«No, grazie, signor giudice. Io non fumo.»

«Molto bene, prendo una sigaretta per me allora.»

Io me ne stavo in piedi vicino alla finestra. Guardai fuori proprio mentre un lampo illuminava il cielo, che era diventato cupo tra le colline. L'aria era già impregnata dell'umidità per la pioggia imminente.

Mi allontanai dalla finestra. «Signorina Martin, possiamo sapere cosa ha fatto la scorsa notte?»

«Ho accompagnato gli ospiti nelle rispettive camere, fornendo loro tutto l'occorrente per trascorrere con ogni comodità la notte. Subito dopo ho atteso che i domestici portassero a termine le loro ultime incombenze. Mentre Madge lavava i piatti e preparava le vivande per la colazione del giorno dopo, Sam si è occupato di rimettere a posto il salone. Credo che sia andato a letto per ultimo.»

«E lei, a che ora è andata a dormire?»

«Saranno state le 23.20 circa. Ero piuttosto stanca. Giunta in camera sono andata dritta a letto. Stamani mi sono svegliata presto e, mentre stavo facendo il bagno, Sam, molto scosso, mi ha avvertita della presenza del cadavere dentro la piscina. Mi disse che aveva già messo al corrente il professore e che era stata già chiamata la polizia.»

Nel frattempo la pioggia cominciò a picchiettare sulle finestre.

«Signorina Martin, quali erano i suoi rapporti con il signor Smith?»

«Non dissimili da quelli con gli altri componenti di questa famiglia.»

«Era a conoscenza delle incomprensioni tra Smith e la figlia del professore?»

«Certamente e, a essere sincera, non ho mai capito perché quella ragazza abbia sposato un tipo come Reginald Smith. Sempre a litigare quei due. Lei così bella e radiosa, lui scontroso e troppo preso dalla sua attività professionale, con quella intollerabile ideologia della buona razza. Un uomo molto noioso.»

«Non ha di certo peli sulla lingua, signorina» disse Harris.

Gli occhi della donna si incontrarono con quelli dell'uomo.

«Sono abituata a parlare con franchezza, sceriffo, e non si può rimanere indifferenti di fronte a certe cose, non credete?»

Wilson annuì con la testa.

«Il destino» continuò la donna «non poteva fare di meglio? Ha finito per mettere insieme due persone di gusti e attitudini troppo diverse...»

«Quindi» presi la parola «il signor Smith non era un tipo molto simpatico.»

«Non credo che rendersi simpatico agli altri fosse una sua priorità.»

«Saprebbe dirmi» continuai «se il carattere di Smith possa aver influenzato le sue relazioni con qualche componente della casa?»

La donna scosse la testa. «Non ho mai percepito qualcosa del genere, signore. Ah, ho capito, probabilmente si riferisce alla scenata di Andrew.»

Annuii e ripresi: «A tal proposito, vorrei sapere che idea si è fatta».

«Andrew è un bravo ragazzo. Credo che quello sfogo incontrollato sia da attribuire alla sua cronica insicurezza... Ai suoi occhi il signor Reginald appariva come una sorta di Caino, bramoso di appropriarsi del posto che gli spettava a fianco del padre.»

«Conosco molto bene il professor Forrest» commentai «e non avrebbe mai permesso che accadesse una cosa del genere.»

«Ha ragione, signor Richards, il professore no di certo, ma siamo sicuri che non lo volesse Smith?»

«Mi risponda con sincerità, signorina» domandò Wilson. «Il signor Smith non le andava proprio a genio, non è così?»

La donna si protese sul bordo del divano e puntò il dito nella nostra direzione. «Sono al servizio di questa famiglia da più di trent'anni, signor giudice, e non ho mai fatto né detto qualcosa che potesse ledere la mia integrità professionale. Le opinioni personali restano tali e non permetto mai che interferiscano con il mio lavoro.»

Wilson esalò una nuvoletta di fumo e lo disperse con la mano. «Vi prego, signorina, non faccia di una semplice domanda un dramma. Al momento siamo qui solo per fare un po' di luce su questa vicenda e non per accusare qualcuno in particolare.»

«Perdonatemi signori» sospirò. «Probabilmente questo triste avvenimento mi ha turbata.»

«Da quanto ci ha detto» proseguì Harris «presumo che conosca i figli del professore sin da quando erano bambini.»

«Da quando Stephanie aveva appena cinque anni e Andrew due, sceriffo. Ero entrata in servizio qualche settimana prima che la moglie del professore, Allyson, morisse, lasciandolo da solo con i figli. La ricerca scientifica e i suoi frequenti viaggi in giro per il mondo lo hanno sempre impegnato per gran parte del tempo. Per questo affidò a me la crescita e l'educazione dei bambini. Nutro un grande affetto per loro... Lei mi capisce vero?»

«Certo, signorina.»

«Povera ragazza, posso immaginare quanto si senta distrutta in questo momento.»

In quell'istante bussarono alla porta. Era il domestico, che portava un vassoio con i caffè.

«Signori, posso far entrare il pastore e la sua consorte?»

«Certo, Sam» disse Wilson con indifferenza. Si rivolse poi alla governante: «Grazie per il tempo che ci ha concesso, signorina Martin. Per il momento non abbiamo altre domande».

«Sarò a vostra disposizione quando avrete bisogno di me» disse prima di abbandonare la stanza.

Dopo qualche minuto fecero il loro ingresso nella stanza il pastore Morris e la moglie Meredith, preceduti da Sam.

«Oh, senza ombra di dubbio» stava dicendo la signora Morris «in tutta Nicholasville non si farà altro che parlare e fare congetture sulla morte di Reginald Smith... Mio Dio, quando credi che finirà tutto questo, Baldwin?»

«Non temere, mia cara» rispose il marito. «La gente fa presto a dimenticare gli orrori dell'esistenza. Come sempre, soffocheranno la loro curiosità morbosa nella noia e nell'indifferenza.»

«Mi auguro che non tutti la pensino come lei, pastore Morris» mormorai con un sorriso.

«Vuole spiegarsi meglio?»

«Vede, quando un delitto è sulla bocca di tutti, significa che desta molto interesse. Se suscita un grande coinvolgimento popolare, prima o poi a qualcuno sfuggirà qualche elemento che, analizzato razionalmente e con pazienza, potrà assicurare l'assassino all'autorità giudiziaria.» Feci una breve pausa e poi proseguii: «All'opposto mi chiedo, cosa accadrebbe se l'atteggiamento dominante dell'uomo fosse di imperturbabilità e disinteresse nei confronti del male che lo attanaglia?».

«Credo proprio che volterebbe le spalle alla verità e alla giustizia… il Signore non voglia tutto questo.»

«Ecco, allora» puntai benevolmente l'indice contro di lui «un valido motivo per desiderare che l'intera città spettegoli sul delitto.»

«Lei mi sorprende, detective» commentò la moglie inarcando le sopracciglia. «La maggior parte dei suoi colleghi, al contrario, sperano nel silenzio per poter gestire al meglio le loro indagini.»

«Signora, l'essenziale in una guerra è la vittoria, non i mezzi per conseguirla.»

La faccia di Morris si contrasse divertita. «È assai scaltro, detective, e credo che abbia ragione.»

Harris si affacciò dalla finestra, visibilmente disinteressato all'argomento, mentre io mi misi comodo sulla poltrona e accavallai le gambe.

Wilson prese la parola: «Allora, signori, vogliamo venire al dunque?».

«Siamo a sua completa disposizione, signor giudice» sorrise la signora Morris.

«Direi di cominciare dal dopo cena…» iniziò Wilson.

«Una splendida cena, direi» lo interruppe subito la donna «macchiata da quella spiacevole conversazione del professore Smith.»

Wilson mi lanciò uno sguardo interrogativo.

«Smith» spiegai «era un acceso sostenitore del perfezionamento della specie umana per mezzo della genetica.»

«Ah, certo...» replicò senza convinzione il mio amico.

«Ritengo che le opinioni di Reginald rispecchiassero un animo poco incline all'altruismo» disse Morris, chiarendo subito il suo punto di vista.

«Lo penso anch'io» annuì la moglie. «Per questo il signor Reginald piaceva a pochi.»

«Dopo cena» continuai «siamo stati accompagnati in camera. Cosa avete fatto? Vi siete subito addormentati?»

«Oh no» rispose prontamente la donna. «Abbiamo scambiato quattro chiacchiere e poi, mentre il mio Baldwin russa non appena posa la testa sul cuscino, io devo per forza leggere qualcosa prima di lasciarmi vincere dal sonno. Mi sono accorta che la tenda della finestra non era stata tirata, dunque mi sono alzata e dando un'occhiata fuori, ho avuto l'impressione che...»

«Ha notato qualcuno?» domandai incuriosito.

«Da poco aveva smesso di piovere e, nel giardino di fronte, credo di aver visto il signor Andrew. Passeggiava nervosamente.»

«Uhm, ancora lui» grugnì Harris. «Prima litiga con la vittima e poi si fa vedere sul luogo del delitto.»

Lo sceriffo ricevette un'occhiataccia da Wilson.

«È assolutamente certa che fosse Andrew Forrest?» la incalzai. «Si tratterebbe di una importante rivelazione.»

Per la prima volta la donna esitò, ma solo per qualche istante. «Sì, signore, sono sicura.»

«Ricorda che ore fossero?»

«Non ne sono certa. Ma immagino che fossero passate da poco le 22.30.»

«Cos'altro è successo dopo che avete tirato la tenda?»

«Be', ho udito delle voci provenire dalla stanza del signor Smith. È stato allora che ho svegliato mio marito.»

Il pastore lanciò una lunga occhiata alla moglie.

«Baldwin, non fare quella faccia! Abbiamo il dovere di riferire tutto alla polizia.»

«Avete sentito la loro conversazione?» chiese Wilson.

«È veramente importante, questa domanda, signori?» domandò l'uomo, dopo un attimo di esitazione.

«Potrebbe contribuire a chiarire parte del mistero, pastore» rispose Harris.

«Perdonatemi, signori, non voglio darvi un'impressione sbagliata» chiarì l'uomo. «Il fatto è che non vorrei fare un grave torto alla signora.»

«Al contrario, signore. Se non parla, farebbe un danno al conseguimento della verità» replicai in tono perentorio.

Ci fu una pausa di silenzio, rotto dalle parole della signora Morris. «Ecco, ricordo che svegliai Baldwin, e mentre mettevo qualche coperta in più sul letto, abbiamo udito Reginald e sua moglie discutere animatamente sulla serata appena trascorsa. Oh, sia chiaro, attraverso le pareti ho sentito solamente una parte di quello che dicevano, ma ho avuto l'impressione che Reginald rimproverasse Stephanie per non aver sostenuto le sue opinioni...»

«E la signora Forrest?» domandai. «Ha reagito a queste accuse?»

«Eccome! Lo ha accusato di tradirla. "Non fai altro che umiliarmi" gli diceva. "Sono una stupida, non avrei mai dovuto sposarti!"»

«La gelosia!» esclamò lo sceriffo. «Ecco la strada da percorrere.»

«Lo appureremo, sceriffo» Wilson mantenne la calma. «È necessario disporre i fatti in un ordine preciso prima di procedere con le illazioni.»

Lo sceriffo Harris non replicò ma, dall'occhiata che lanciò al giudice, mi fu chiaro che non era della medesima opinione.

«Pastore Morris, ricorda pressappoco l'ora in cui ha sentito i coniugi Smith discutere?» chiesi.

«Non saprei...»

«Alcuni minuti dopo aver notato Andrew, signor Richards» rispose la moglie. «Comunque l'alterco è durato pochi minuti, poi non abbiamo sentito più nulla.»

Wilson proseguì con la domanda successiva: «Pastore Morris, vorrei che mi parlasse dei suoi rapporti con Reginald Smith. Vi conoscevate da molto tempo?».

«Da parecchi anni, direi» rispose prontamente «ma lo vedevo soltanto occasionalmente. Ero in ottimi rapporti con il padre, Arkell Smith, un facoltoso industriale e un grande esempio di filantropo e di uomo timorato di Dio. Conobbi Arkell nel 1943, durante la guerra, quando, ferito da un frammento di granata all'addome, fu portato nell'ospedale militare dove in quel tempo prestavo la mia opera assistenziale. Il nostro incontro cambiò radicalmente la sua visione della vita. Alla sua morte, tre anni fa, ho avuto la piacevole sorpresa di essere nominato nel testamento con un generoso lascito.»

«Mi pare che ieri abbia avuto un incontro a quattrocchi con Reginald nello studio del professore. Posso saperne il motivo?»

«Oh, Reginald voleva discutere con me della situazione della nostra chiesa» rispose sconsolato. «Sapete, ha bisogno di urgenti lavori di ristrutturazione e, quando mia moglie ha organizzato una fiera di beneficenza per raccogliere i fondi, si era fatto avanti per sostenere il progetto.»

Lanciai uno sguardo interrogativo allo sceriffo.

«Due settimane fa nella piazza della città» rispose Harris,

comprendendo il mio dubbio. «Si vendevano torte e dolci preparati dalle nostre brave casalinghe.»

«Nonostante tutto, Reginald era ben disposto verso la nostra congregazione» precisò la donna.

«Scusi, signora, ma non l'ha definito pedante e insopportabile?» le chiese Harris.

«Be'... le due facce della natura umana» rispose con convinzione la donna.

«Vi ringraziamo per la disponibilità, signori Morris» disse Wilson, ponendo fine all'interrogatorio.

«Possiamo lasciare questa casa, giudice?» domandò l'uomo alzandosi. «Sa, i miei impegni pastorali...»

«Non possiamo trattenervi oltre» rispose Harris. «Però devo chiedervi di non allontanarvi dalla città fino a quando non sarà fatta piena luce sul caso.»

«Stia pur certo» rispose la signora Morris infilando la mano sotto il braccio del marito. «Inoltre il mio Baldwin pregherà il Signore perché vi dia la forza di far trionfare la giustizia.»

«Grazie per il pensiero, signora» le dissi distrattamente.

Mentre i due erano diretti verso la porta, la donna si fermò all'improvviso e si voltò. «Oh, a proposito...»

«Sì, signora Morris?»

«Io e mio marito saremo lieti di avervi con noi alla serata di beneficenza organizzata per raccogliere nuovi fondi per la nostra chiesa. Si terrà tra due giorni e ci sarà parecchia gente, quella che conta...»

«Ah, capisco» risposi con un sospiro.

«Be', vedremo» aggiunse Wilson. «A ogni modo grazie per l'invito.»

La donna annuì e, assieme al marito, lasciò il salone.

Mi lasciai andare contro lo schienale della poltrona, fischiettando un motivetto. Lo sguardo dubbioso di Harris si posò sul mio. «È decisamente di buonumore, detective Richards. Possiamo conoscerne il motivo? Il caso mi pare piuttosto ingarbugliato e non vedo nessun motivo per essere contenti.»

«Cerchi di essere più paziente, sceriffo» ribattei pacato. «Capisco le sue perplessità, ma credo che si stia lasciando prendere troppo dallo sconforto. Per dirla con Eraclito, nulla di ciò che è stato fatto dall'uomo rimane stabile. Al contrario, la vita è un flusso in perenne movimento in cui nessuna cosa è mai la stessa. Tutto è in continuo divenire.»

Harris si fece un'aspra risata. «Uhm, mi faccia capire… È in attesa di qualche nuova informazione o avvenimento particolare? E se il mare rimanesse calmo?»

«In quel caso, saremo noi a smuovere le acque» replicai inarcando le sopracciglia.

Wilson spense la sigaretta nel posacenere con un gesto deciso. «Anch'io mi auguro che succeda qualcosa. Andiamo, signori» ci invitò «sgranchiamoci le gambe e rechiamoci nello studio del professore.»

In quel preciso istante, uno degli uomini dello sceriffo ci raggiunse di corsa e si avvicinò a Harris, mormorandogli qualcosa all'orecchio. Lo sceriffo ci informò che erano state ispezionate attentamente tutte le stanze della casa, ed erano state trovate tracce di fango sulle suole delle scarpe della signorina Jones e di Stephanie Forrest.

9

Lo studio di Gerald Forrest si trovava al primo piano, in fondo a un corridoio che costeggiava un lato della scalinata. Grandi scaffali colmi di volumi e numerosi oggetti d'arte riempivano la stanza.

Gerald se ne stava in piedi, con la pipa a un angolo della bocca e lo sguardo chiaramente contratto dalla tensione per le vicissitudini della mattinata. La figlia, seduta comodamente in poltrona, aveva appena spento una sigaretta nel posacenere. Il suo viso s'illuminò non appena incrociò il mio.

«Mi dispiace, Gerald, che una nuova tragedia si sia abbattuta sulla tua famiglia.» Ero sincero.

«Ti ringrazio Lester, e sono grato anche a voi, signori, per il lavoro che state svolgendo. Siamo a vostra completa disposizione.»

«Professore» iniziò Wilson «è a conoscenza di particolari ragioni che avrebbero potuto indurre qualcuno a odiare Reginald?»

«Non che io sappia.»

«Aveva mai ricevuto minacce?» domandò Harris.

«Lo escludo in modo assoluto» replicò Gerald.

«Professore» proseguì Harris «vorrei ricostruire insieme a lei le ultime ore di ieri sera.»

Gerald si sedette nella poltrona dietro lo scrittoio, aggiunse del trinciato alla pipa, l'accese e iniziò ad aspirare.

«È un incubo. Abbiamo iniziato a cenare alle 20.30. Dopo un'ora ci siamo trasferiti nel salone, dove il maggiordomo ci ha servito il caffè e il porto. Abbiamo chiacchierato fino alle 22, quando il violento acquazzone mi ha convinto a invitare tutti i miei ospiti a passare la notte in casa.»

«Iniziativa lodevole» ammise Wilson.

«Questa mattina, saranno state le 6.30» continuò l'uomo «sono stato svegliato dai ripetuti colpi di Sam alla porta della mia camera. Ho indossato la vestaglia e mi sono precipitato giù per le scale. Per poco non m'è preso un colpo. Non appena mi sono reso conto dell'accaduto, ho telefonato immediatamente allo sceriffo.»

«Ha idea del motivo per cui il signor Smith si trovasse in piscina a un'ora così tarda?»

Il professore scosse la testa. «Non ho un risposta a questa domanda.»

«E lei, signora Forrest?» chiese Harris, scaltro.

«Be', sceriffo, ricordo che, poco dopo le 22.30, mi disse che sarebbe sceso in biblioteca a prendere un libro da leggere.»

«Sai dirci a che ora Reginald è tornato camera, Stephanie?» le domandai.

«No, Lester. Dormivo profondamente.»

«Signora Forrest, la sua relazione con Reginald Smith» chiese Wilson «aveva subito negli ultimi tempi, come dire, un'involuzione?»

Stephanie fissò il padre e sospirò: «Il rapporto tra me e Reginald si stava esaurendo, giudice».

«Stephanie!» esclamò il professore.

«È la verità, papà» rispose la donna. «Signori, potrei mentirvi dicendo che tutto filava liscio e che lo amavo alla follia, versando lacrime di dolore. In realtà non era così. Non ci amavamo più… ma di certo non lo avrei mai voluto morto. È orribile.»

«Le credo» disse Harris scuotendo la testa. «Quindi, signora Forrest, ha passato tutta la notte in camera sua a dormire? Rifletta bene prima di risponderci.»

La donna scosse la testa, fece un sospiro e mosse le labbra. «In verità, io e Reginald ieri sera abbiamo litigato.»

«Molto bene.» Lo sceriffo annuì con il capo, come se non attendesse altra risposta.

«Ho fatto una doccia veloce e poi mi sono messa a letto. Reginald sembrava imbronciato. Gli ho chiesto il motivo e lui ha sbottato, accusandomi di non averlo difeso durante la discussione del dopo cena.»

«Si riferisce alla discussione sulla genetica? Smith era un sostenitore della razza perfetta?» domandò Harris.

«Esatto. Il tono utilizzato da Reginald non mi piaceva» continuò Stephanie. «Per carattere sono abituata ad accettare ogni aspetto della vita, anche il più amaro, ma ieri sera mio marito ha superato il limite. Ha abbandonato la stanza ed è sceso in biblioteca. Io l'ho seguito e l'ho invitato a continuare il nostro scambio di vedute fuori casa, per evitare che qualcuno ci sentisse. Così siamo usciti e abbiamo parlato vicino alla piscina.»

«Che ore erano, signora Forrest?»

«Oh Dio, non saprei con certezza. Forse nemmeno le 23» rispose la donna in lacrime.

«Cosa è successo là fuori, Stephanie?» Le porsi un fazzoletto.

«L'ho accusato di avere un'altra donna e di volermi lasciare senza un erede» rispose in singhiozzi. «Lui mi ha guardato e in lacrime mi ha confessato di essere malato di epilessia, e che mai avrebbe voluto mettere al mondo un altro mostro come lui. Non ho saputo rispondergli, ero sconvolta. L'ho abbandonato e me ne sono tornata dentro in lacrime.»

«Hai visto qualcuno mentre tornavi in camera tua?»

«Oh, sì, la dolce Ann. Ci siamo incontrate sul pianerottolo. Mi ha visto con gli occhi rossi e lucidi ed è rimasta con me per consolarmi circa venti minuti. Poi le ho chiesto di prendere, dall'armadietto del bagno dei medicinali, una pastiglia di sonnifero. Dopo averla presa, mi sono messa a dormire. Sono stata svegliata stamani dalle grida concitate di Sam.»

«A che ora hai preso sonno?»

Stephanie scosse la testa. «Non ricordo. Forse un quarto a mezzanotte.»

Ci fu una breve pausa durante la quale Stephanie, chiaramente a disagio, ci chiese di poter tornare in camera sua. Rimasti soli con Gerald, ne approfittai per soddisfare la mia curiosità.

«A proposito Gerald, ho sentito parlare di un luogo che si chiama Cupido's Shack. Vorrei proprio sapere di cosa si tratta e dove si trova.»

«Ti accontento subito, Lester. Cupido's Shack è quella vecchia stamberga che si trova a circa duecento metri dalla residenza. Viene utilizzata da Greg come ripostiglio per gli attrezzi da giardino.»

«Uhm... un nome piuttosto singolare.»

«Era il luogo dove mio nonno, il capitano dell'esercito confederato Jonathan Arthur Forrest, incontrava le sue amanti prima di ogni battaglia.»

«Bizzarro. E la moglie ne era al corrente?»

«Oh sì, ma credo che glielo lasciasse fare per via della sua frigidità.»

Harris fece un sorriso divertito. «Be', d'altronde se l'uomo deve vivere il breve spazio di una vita, perché non coglierne ogni più sottile piacere?»

«Credo che mio nonno la pensasse allo stesso modo, sceriffo. Si narra che la mattina, dopo aver passato la notte in quella baracca, caricasse il nemico con maggiore baldanza.»

«E se la cavò sempre?» domandò Wilson.

«Be', almeno fino alla battaglia di Chaplin Hills a Perryville, dove una palla di cannone lo spezzò in due.»

«Aristotele diceva che il saggio cerca di raggiungere l'assenza di dolore, non il piacere» commentai, incurante del borbottio infastidito di Harris.

Quella sera non me la sentii di rimanere in casa Forrest; affittai una camera in una deliziosa locanda sulla East Main Street di Wilmore, la Scott Station Inn. Dopo una cena leggera, mi ritirai in stanza e mi misi subito a letto. Per una buona mezz'ora non presi sonno. La morte di Reginald, tutti quegli interrogatori, domande, risposte… Mille pensieri affollavano la mia mente ma, nonostante tutto, quella sera non riuscii a trarre considerazioni di valore. Spensi la luce e mi addormentai.

10

Il mattino seguente Wilson mi venne a prendere in albergo e, dopo colazione, ci recammo al distretto di polizia. Mi sedetti su una delle poltrone nell'ufficio di Harris.

Un giovane agente bussò alla porta ed entrò, passando a Harris i risultati delle analisi relative alle impronte digitali rilevate a casa Forrest.

L'uomo diede una rapida occhiata al rapporto e lo passò a Wilson, che era seduto di fronte. Questi, dopo averlo letto, rimase in silenzio, chiaramente perplesso.

«L'alibi di Greg Martin» esordì Harris «è stato verificato con soddisfacente precisione. Il proprietario del circolo rammenta di averlo visto lasciare il locale alle 10.30.»

«Cosa mi dice, invece, di quelle impronte repertate?» domandai curioso.

«Be', fuori, nel parco» rispose «i ragazzi non hanno trovato nulla, mentre le impronte sulla maniglia del portone d'ingresso e quelle sulla porta della cucina appartengono ai residenti della casa.»

«Nessuna è ricollegabile a qualcuno degli ospiti?» chiesi.

«No, detective.»

Mi sporsi oltre la poltrona. «Meraviglioso!» esclamai ironico.

«Be', era prevedibile» osservò Wilson. «Gli accessi possono essere usati da più persone.»

Harris scosse la testa. «Uhm... un vero e proprio rompicapo.»

«Tranquillo, sceriffo, vedrà che troveremo la crepa in questa costruzione, una piccola falla che ne provocherà il crollo. Razionalità, ecco cosa ci occorre, e caparbia determinazione.»

«Purtroppo non mi riesce di essere ottimista come lei, Richards.» Il tono dello sceriffo era amaro.

«Sceriffo, il mio ottimismo nasce dalla constatazione che non esistono crimini senza soluzione, perché tutti derivano dalla condotta ignobile dell'uomo. Se l'uomo è imperfetto lo sono, di conseguenza, anche i suoi comportamenti.»

Wilson si accese una sigaretta. «L'unica cosa certa» commentò mentre il fumo gli usciva dalle narici «è che non abbiamo nemmeno una pista da seguire. Non vedo nessuna luce in fondo al tunnel.»

Il caso, in effetti, si presentava assai complicato, me ne rendevo perfettamente conto. Le nove persone potenzialmente coinvolte nella morte di Reginald Smith erano tutte in casa la sera dell'omicidio. I loro alibi, sebbene attentamente vagliati, erano difficilmente verificabili, dal momento che si basavano esclusivamente sulle loro dichiarazioni.

Tirai fuori il taccuino degli appunti e riassunsi ai miei due interlocutori i punti salienti della vicenda: «Reginald Smith litiga con la moglie, abbandona la camera da letto e scende nel salone con l'intenzione di leggere un libro. Qui viene raggiunto da Stephanie, che lo invita a continuare la discussione fuori casa.

«Meredith Bennett afferma di scorgere dalla finestra della sua camera da letto Andrew Forrest, sul piazzale antistante la casa. Subito dopo percepisce, attraverso le pareti, stralci del litigio tra Smith e Stephanie.

«Stephanie e il marito vengono visti da Ann Jones discutere animatamente accanto alla piscina.

«Madge Evans, la cuoca, riferisce di vedere, dieci minuti dopo la mezzanotte, Reginald Smith in compagnia di una figura misteriosa che, sfortunatamente, non riesce a vedere in faccia. Di questo avvenimento non ci sono altri testimoni.

«I Morris sono rimasti a dormire nella loro camera, così come la signorina Jones, Gerald, la governante, il domestico e anche il dottor Greene e Nathan Edwards che, poco prima di ritirarsi, hanno parlato con Reginald. Dobbiamo fidarci delle loro dichiarazioni perché nessuno, ovviamente, può testimoniare il contrario».

Avevo annotato anche gli orari di ogni interrogatorio:

21.30 – termine della cena

22.00 – dopo l'alterco tra Andrew e Reginald, con lo scatenarsi del temporale, Gerald offre a tutti ospitalità

22.15 – gli ospiti vengono accompagnati nelle rispettive camere

22.30 – Meredith Bennett nota la presenza di Andrew Forrest nel giardino sottostante. Dopodiché sente Reginald e Stephanie litigare attraverso il muro della parete

22.50 – Ann Jones sente Reginald e Stephanie discutere in piscina

23.20 – Ann Jones entra nella stanza di Stephanie per confortarla

23.45 – Stephanie, dopo aver assunto un tranquillante, si addormenta, mentre Ann torna nella sua stanza

Tra le 23.10 e le 23.45 – Reginald si trova nel salone per parlare dapprima con Greene e successivamente con Nathan Edwards

00.10 – Madge Evans vede Reginald in piscina in compagnia di una persona non identificata

«Uhm… concordo con entrambi» dissi infine «abbiamo pochi elementi per trarre la pur minima conclusione. Be', sapete cosa vi dico? Mettiamo da parte il nostro problema e dedichiamo il resto della mattinata a qualcosa di piacevole e ritemprante. Cosa ne dite di andare a fare una gita in campagna nei dintorni di Wilmore, e subito dopo a pranzo? Dobbiamo fornire alla nostra mente le energie e il tempo necessari per fare ordine tra tutte le informazioni che abbiamo accumulato.»

Harris aggrottò la fronte perplesso. «Andate voi, se la cosa vi fa piacere…» Sembrava disgustato dalla mia proposta. «Per quel che mi riguarda rimarrò al mio posto a dirigere le indagini. Altro che scampagnata! Mi recherò ancora a casa Forrest e torchierò il maggiordomo. Sono sicuro che sappia dove si trova il rampollo del professor Forrest. Mando i miei ragazzi a prelevarlo per portarlo qui e ci faccio quattro chiacchiere.»

«Non vuole proprio darmi ascolto, eh, sceriffo?»

«Accidenti, detective Richards» si accigliò nuovamente «se sa dove si trova quel ragazzo, lo dica e la faccia finita con i suoi stupidi giochetti! Secondo i testimoni si trovava sulla scena del delitto e considerando che non abbiamo altri elementi a cui appigliarci, bisogna trovarlo e sentire ciò che ha da dire. È d'accordo, giudice Wilson?»

«Lo ritengo doveroso, sceriffo. Mi dispiace, Lester, ma sono dello stesso parere.»

«Se vuole procedere in tal senso, faccia pure, sceriffo.»

Harris rispose con un grugnito e diede ordine ai suoi uomini di preparare una macchina.

«E tu, Wilson, cosa intendi fare?» sorrisi al mio amico.

«Vengo con te, Lester. L'aria di campagna gioverà ai miei polmoni.»

11

Nel tardo pomeriggio fummo raggiunti dallo sceriffo Harris, che ci comunicò di aver interrogato di nuovo il domestico e la cuoca.

Entrambi avevano mantenuto la stessa versione e Sam aveva confermato di non sapere dove si trovasse Andrew Forrest.

«Si è rilassato, detective Richards?» Harris aveva un tono canzonatorio.

«Sì, sceriffo, perfettamente» gli replicai. «Adesso vorrei condurla in un luogo poco distante da Wilmore. Una casetta.»

«Ancora laggiù?» domandò irritato. «Vuole spiegarmi quale interesse nutre per quel villaggio?»

«E lei vuole accompagnarmi a casa di Greg Martin oppure no?»

«Sceriffo, faccia come le dice» si intromise Wilson. «Mettiamoci in macchina.»

Harris brontolò a lungo. Prese una macchina di servizio e finalmente ci dirigemmo verso la meta da me indicata.

L'abitazione di Greg Martin era una piccola casa di campagna che si armonizzava con l'ambiente rustico circostante. Distava dalla città poco più di un chilometro ed era situata a metà strada tra Nicholasville e la tenuta dei Forrest.

L'automobile sobbalzò attraversando un viottolo pieno di

buche e sollevò una nube di polvere, prima di attraversare un cancello aperto. Giungemmo a una piccola radura, dove era parcheggiata una Cadillac Eldorado rossa.

Lo sceriffo arrestò il motore, scendemmo e bussammo al portone. Passò qualche attimo e Greg Martin ci venne ad aprire. Indossava ancora gli abiti da lavoro.

«Ancora voi… Cosa volete?» chiese.

«Soltanto fare due chiacchiere.»

«Be', allora fate presto perché ho molto da fare.»

«Cos'ha fatto la scorsa notte?»

«Ero con degli amici. Abbiamo bevuto qualcosa e chiacchierato.»

«Possiamo sapere chi sono questi amici?» chiese Harris.

Martin si voltò rabbiosamente. «Perché mi state facendo questo terzo grado? Dove sono stato e con chi sono affari miei!»

«Oh, ma guarda un po'… Vuole le nostre scuse per averla importunata, signore?» proruppe Harris ironico. «Non mi sta simpatico e credo proprio che…»

Wilson alzò la mano, ponendo fine a quella vibrante protesta.

«Non è capace di controllarsi, signor Martin?» domandò con tranquillità. «Eppure, considerando il suo passato da militare, credevo che fosse in grado di dominare i suoi nervi. Un uomo è stato assassinato nella tenuta in cui lavora e questo è un motivo sufficiente per farle tutte le domande che riterremo opportune. È suo dovere rispondere con sincerità.»

«Le ripeto la domanda, signor Martin» continuò lo sceriffo, digrignando i denti «con chi si è intrattenuto la scorsa notte?»

«Con alcuni vecchi compagni d'armi» sospirò. «Mi trovavo al circolo dei reduci di guerra di Maple Street.»

«Ci è andato con quella Cadillac parcheggiata qui fuori?» domandai scostando la tendina della finestra.

«Esatto. È di mia sorella Evelyn.»

«E quando ha lasciato il ritrovo?»

«Poco prima che si scatenasse il temporale. Me ne sono andato alle 21.20 e sono arrivato a casa che mancava un quarto d'ora alle 22.»

«E cos'ha fatto?»

«Ero molto stanco e mi sono messo immediatamente a letto.»

«Abita da solo, signor Martin?»

Si guardò attorno. «Vede forse qualcun altro, sceriffo?»

«Stia attento, giovanotto, faccia meno lo spiritoso» replicò con durezza Wilson; poi si rivolse a me: «Qualche domanda, Lester?».

In quel preciso momento la mia attenzione fu catturata da una fotografia in bianco e nero, all'interno di una cornice appoggiata su un tavolino. Ritraeva una donna e un uomo e al centro c'era Greg Martin che, sebbene avesse almeno dieci anni di meno, era facilmente riconoscibile.

L'uomo sulla destra aveva i capelli lunghi e la barba incolta, indossava giubba e pantalone militare e portava una giberna e il fucile in spalla. La donna invece, graziosa e sorridente, aveva una semplice giacca, pantaloni stretti, giberna e pistola al fianco e al collo un fazzoletto con il tricolore francese.

«Le piace la fotografia, signor Martin?» chiesi. «È lei l'autore di questa foto?»

Wilson e lo sceriffo mi fissarono a bocca aperta. Non erano preparati a quel mio cambio di strategia.

«È stata scattata a Dreux, qualche giorno dopo la cacciata dei tedeschi dalla città» rispose l'uomo. «Quello al centro sono io, gli altri due sono partigiani. Quella sul fondo è la splendida cappella reale di San Luigi. Per rispondere alla sua domanda, non sono così bravo con questa tecnica, detective. Anche il fotografo era un partigiano.»

«Ha mantenuto i rapporti con qualcuno di questi uomini della resistenza?» gli chiesi.

«Sono ancora in contatto con un vecchio partigiano italiano, Giuseppe Berti. Stringemmo una profonda amicizia al tempo dello sbarco ad Anzio. Ancora oggi abbiamo una fitta corrispondenza epistolare. Degli altri uomini non ho più notizie, purtroppo. Ricordo però che, essendoci ancora truppe tedesche sul territorio, alcuni di loro, quelli di origine ebrea per l'esattezza, vennero aiutati a raggiungere la Svezia, dove furono accolti come profughi.»

«La Svezia?» domandò Harris. «Non era un paese neutrale?»

«Oh, credo che in pochi conoscano alcuni particolari.» L'uomo sembrava a proprio agio nel ripercorrere gli eventi della guerra, dimostrando una formidabile memoria. «È vero, per buona parte del conflitto il paese aveva mantenuto la propria neutralità. Ma, sebbene si professasse tale, nella pratica conduceva una politica filotedesca. Per esempio, le industrie belliche tedesche dove credete che si procurassero alcune materie prime come l'acciaio e il ferro? Dalla Svezia, ovviamente. Inoltre, quando Hitler decise di invadere la Russia, fu sempre la Svezia a permettere alle truppe naziste di servirsi della propria rete ferroviaria per passare dalla Norvegia alla Finlandia. A onor del vero, bisogna dire che ai politici svedesi, in massima parte democratici, non andava a genio l'ideologia tedesca. Quello che li spinse ad agire in quel modo fu semplice pragmatismo, dal momento che consideravano la minaccia tedesca il male minore, rispetto al pericolo sovietico. A ogni modo la politica svedese subì un drastico cambiamento quando la situazione prese una piega sfavorevole a Hitler. Fu allora che la Svezia cominciò a favorire i contatti tra gli alleati, adoperandosi perché si giungesse a un armistizio. Ma la cosa più importante avvenne nel 1943, quando iniziò ad accogliere profughi provenienti principalmente dalle vicine regioni baltiche, oltre che da alcuni paesi europei, salvandoli da morte certa.»

«Vedo che quei due fumano allegramente un sigaro, mentre lei no» lo interruppi.

«I sigari glieli regalammo noi. Quanto a me, non ho mai fumato in vita mia, signore.»

«Molto bene. Quindi è in grado di rispondere subito a una domanda.»

«Cosa vuole sapere?» domandò con un sorriso.

«È da quando sono entrato in questa casa che percepisco un aroma speziato e tostato molto intenso, tipico del tabacco Black Cavendish. Qualcuno lo ha appena fumato, molto probabilmente all'interno di una pipa... Se lei non fuma, chi è stato dunque?»

«Io, io...» balbettò l'uomo.

«Forse lei, con la sua pipa, Andrew? Lo so che è qui. Si faccia vedere.»

Andrew Forrest si affacciò, stupefatto, all'uscio della porta della cucina e scoppiò in una fragorosa risata. «La pipa, certo! Avrei dovuto stare più attento. Eh sì, signor Richards, sono proprio uno sprovveduto. Posso chiederle come ha intuito che fossi qui?»

«Tra poco fornirò la risposta alla sua domanda. Per il momento mi dica, ha saputo della morte di suo cognato? Sa che Stephanie è tra i sospettati?»

«Ha avuto quel che si meritava, quell'uomo. Non crede, signor Richards?»

«Sono questi i suoi attuali sentimenti, signor Forrest?» Wilson face cenno a Greg Martin di sedersi.

«Perché? È proibito pensare queste cose di un morto?»

«Be', la morte è un argomento da trattare sempre con il massimo rispetto» sentenziai.

«Ho capito» sospirò il giovane. «Scusatemi per le mie affermazioni inopportune, allora.»

«Scuse accordate. Possiamo farle qualche domanda?» chiesi.

«Mi dica pure.»

«La ringrazio, Andrew. Pare che lei sia stato visto nei dintorni della piscina la notte dell'omicidio.»

«Come dice? Visto da qualcuno?» farfugliò l'uomo con gli occhi sgranati.

«Oh, non è stato Sam a tradirla» aggiunsi. «Stia tranquillo. Quell'uomo la protegge, lo sa benissimo.»

«Eh, sì. In realtà credevo di essermene andato troppo in fretta. Avevo intenzione di chiedere ad Ann di fuggire con me.»

«Quella notte l'ha vista?»

«No, non l'ho vista. Lei non mi aspettava e io non me la sono sentita di importunarla. Di certo non volevo entrare in casa. Sono rimasto a riflettere per un po' e poi me ne sono andato prima che cominciasse a piovere.»

«Quindi non è più tornato indietro.»

«No, lo ripeto.»

«Ne è proprio certo, Andrew?» insistetti con gentilezza.

«Certo. La mattina dopo ho visto le macchine dello sceriffo e l'ambulanza. Ho capito che era successo qualcosa di terribile. Poi da Greg ho saputo che Reginald era morto. Omicidio.»

«E in quel lasso di tempo» chiese Harris «si è fatto un'idea di cosa possa essere successo, o di chi potesse odiare a tal punto suo cognato?»

«No, Dio mio, non ho pensato a questo.» La voce del giovane si fece ansiosa.

«E mi dica, signor Forrest» chiese ancora lo sceriffo con tono bellicoso «dopo essersi allontanato dalla villa, dov'è andato?»

Il giovane aggrottò la fronte, mordicchiandosi nervosamente le labbra. «Be', sono andato a casa di un amico che mi ha ospitato per la notte.»

«E come ha fatto a uscire dalla tenuta?» domandò Wilson con tono pacato.

«Attraverso il cancello, signore. Non conosco altre vie d'uscita.»

«Questo è vero, Andrew» replicai. «Però non capisco. Sam ci ha detto che il cancello viene chiuso dal giardiniere al termine del suo turno di lavoro. In più, il domestico ha dichiarato di aver attivato l'allarme all'ora di cena. In quel momento lei era con gli altri ospiti. Quando ci ha lasciato, dopo lo spiacevole alterco con Reginald, è dovuto per forza rimanere dentro la tenuta… e d'altronde Sam non ci ha detto di aver disattivato, anche solo temporaneamente, l'antifurto. La sua risposta non mi soddisfa affatto, Andrew. Le dirò di più: soltanto il maggiordomo avrebbe potuto aprirle il cancello, ma non credo che lo abbia fatto, essendo rientrato nel salone pochi attimi dopo la sua uscita di scena. Ecco perché ritengo che il solerte maggiordomo l'abbia protetta e agevolata in un altro modo.»

Il viso di Andrew Forrest si accese e le sue labbra si contorsero in una smorfia.

«Non sa cosa dire, giovanotto?» domandò Wilson.

«Cercherò io di rispondere per il signor Andrew» continuai, sprofondando nella poltrona. Il giovane mi lanciò un'occhiata di sfida.

«Cupido's Shack le dice qualcosa?» gli domandai.

«Certo» replicò «si tratta di un vecchio capanno per gli attrezzi da giardino utilizzato da Greg.»

«Molto bene, Andrew. La sera dell'omicidio di suo cognato, mentre ci stavamo ritirando nelle rispettive camere, vidi Sam mormorare il nome di questo capanno e un orario ben preciso alla signorina Jones. A mio parere, è inequivocabile che si trattasse di un appuntamento. Adesso, Andrew, vorrei fornire la risposta al suo quesito iniziale. Mi ha chiesto come ho capito che lei fosse in questa casa. Se rammento bene, lei e il signor Martin siete amici d'infanzia. Era quindi logico supporre che, avendo passato la notte nella tenuta, sarebbe potuto uscire solo il mattino seguente, ad allarme disattivato, e soltanto dopo l'arrivo di Martin, che l'ha ospitata in quella che è sempre la casa di suo padre. Non poteva allontanarsi, dal momento che la sua ragazza era rimasta nella residenza. Ho voluto attendere il rientro del signor Martin nel tardo pomeriggio per venirla a cercare, perché, in sua assenza, sono certo che lei non ci avrebbe aperto la porta.» Così dicendo lanciai un'occhiata a Harris e a Wilson, sperando che avessero capito il motivo per cui non avevo rivelato loro il nascondiglio di Andrew quella mattina.

«Le sue deduzioni sono esatte, signore» replicò il giovane. «Però mi creda, se avessi potuto, me ne sarei andato lontano.»

«Come mai è di questa idea?»

«Perché Ann è una ragazza che non merita un uomo come me, un traditore.»

«Un traditore?» chiesi. «Si spieghi meglio.»

«Le ho detto un sacco di bugie, per esempio a proposito della mia professione. È vero, ho sostenuto molti provini, ma non sono stato fortunato. Non volevo darle un dispiacere e così ho deciso di dirle che mi avevano scritturato per uno spettacolo musicale. Sono un bugiardo… non me lo perdonerò mai.»

«Le sue sono parole forti, mio caro ragazzo. Non ha voluto diventare uno scienziato, non è un artista. Ma insomma…» dissi alzando il tono della voce «cos'è?»

«Cosa vuole che le dica, signor Richards…» Il giovane scoppiò in lacrime. «Che sono uno squattrinato? Ebbene è così… ho puntato tutto quello che possedevo su Fabius a Churchill Downs e ho perso. Chi mai avrebbe scommesso un cent su Needles? Sono disperato… mio padre mi ucciderà.»

«Ah, ecco venir fuori la verità!» esclamò Wilson sconsolato. «Non un artista, è soltanto un simpatico ma sprovveduto giovanotto che si è lasciato vuotare il portafogli da qualche allibratore clandestino.»

Scossi la testa. «Diceva George Eliot: "La disperazione altro non è che la dolorosa avidità d'una speranza non esaudita". Mi ha deluso Andrew. Nulla lascerebbe immaginare che conduca una vita oziosa e che abbia una così grande passione per il denaro e le corse dei cavalli.»

«Purtroppo ha ragione…» ammise cupamente il giovane, passandosi la mano tra i folti capelli neri «e tutto questo mi ha condotto alla rovina. Che futuro crede che possa avere un uomo come me?»

«È questo, credo, il suo problema, signor Forrest. Il pessimismo» commentò Wilson. «È disarmante il modo in cui un giovane come lei si ponga dinanzi all'incertezza del domani.»

«Per voi, signori, è facile parlare così» ribatté il giovane. «Siete uomini intelligenti, colti, raffinati, stimati e benvoluti. Nei suoi riguardi, in particolare, signor Richards, mio padre nutre una stima che non immagina nemmeno. Io, al contrario, sembro non avere pace… La sorte mi è sempre avversa, qualunque cosa faccia. Cosa farò della mia vita?»

«Fortuna, sorte…» dissi scuotendo la testa «ne parla come se fossero gli arbitri di ogni esistenza umana.»

«Giovanotto» aggiunse Wilson «credo che dovrebbe passare il tempo in maniera più gradevole, anziché lambiccarsi il cervello riflettendo sulla malasorte. Perché non occupa i pensieri con qualcosa di più piacevole?»

«Cosa per esempio?»

«Ann Jones, la sua fidanzata» risposi con prontezza. «Gli sguardi che le lancia sono un chiaro messaggio del suo immenso affetto nei suoi confronti. E anche quella ragazza credo che contraccambi allo stesso modo.»

Andrew inarcò leggermente le sopracciglia e sospirò: «Già, Ann. Oh, ricordo perfettamente il primo giorno che la vidi! Giovane e avvenente, scendeva dalle scale in compagnia di mia sorella, con quella cascata di capelli che splendevano come oro sulle sue spalle. Il viso perfettamente ovale, le guance rosee, le labbra piccole e seducenti, il collo squisitamente morbido. Le sopracciglia sottili a delineare un delicato arco sopra quegli occhi stupendi, grandi e dalle iridi talmente azzurre da sembrare un mare, nel quale mi sarei inabissato in eterno. Anche la sua anima sembrava emanare una bellezza rara. Fui preso da un sentimento irrefrenabile, un misto di passione e amore immediato. L'amo, ma non le ho ancora chiesto la mano».

«È capace di esprimere i suoi sentimenti con queste belle parole e non le ha ancora detto i suoi propositi?» si meravigliò Wilson. «Cosa le impedisce di farlo?»

«La mia goffaggine, signor giudice.»

«Credo che in questo momento abbia bisogno di una persona accanto che l'aiuti a vivere con più ottimismo. Sarebbe almeno un punto di partenza e penso che, in fondo al suo cuore, lei la pensi allo stesso modo. In caso contrario mi stupirebbe il fatto che, nella terribile notte della morte di Reginald, si sia incontrato con lei.»

«Quello che dice non corrisponde al vero, signor giudice!» si accigliò. «Le ho già detto che non ho visto Ann.»

Per un attimo rimanemmo a osservare il ragazzo con crescente perplessità; poi mi alzai dalla poltrona e mi diressi verso di lui.

«Si rende conto della pericolosità delle sue risposte, Andrew?» gli domandai aspramente. «Sono come una benedizione per lo sceriffo.»

Harris fece un sorriso compiaciuto.

«Accidenti» si ribellò il giovane «vuole forse confondermi con le sue affermazioni, signor Richards?»

«Credo invece» continuai senza tener conto della sua protesta «che le cose siano andate nel seguente modo. Appena uscito dal salone, si è fatto accompagnare da Sam al portone d'ingresso e poi gli ha chiesto di riferire alla signorina Jones di recarsi al capanno dopo la mezzanotte. Quindi ha atteso nei dintorni della casa, riparandosi a Cupido's Shack al momento del temporale. Quando ha smesso di piovere, si è avvicinato alla piscina, attirando l'attenzione della moglie del pastore. Lei era in attesa di Ann Jones. Vi siete recati assieme nel capanno e lì avete passato la notte. Certo, potrebbe anche essere vero il contrario, che io mi stia sbagliando, ma questa possibilità la lascerebbe senza un alibi e con un testimone che l'ha vista sul luogo del delitto. D'altronde, di motivi per uccidere Reginald, ne aveva eccome.»

Il giovane scosse la testa e per alcuni istanti non mosse le labbra. Il suo volto era contorto in una smorfia di angoscia. Poi, come se avesse ripensato alle sue dichiarazioni, sollevò lo sguardo e disse: «Mi dispiace davvero di avervi mentito».

«Vuole finalmente dirci come sono andate le cose?» chiese Wilson.

«Come ha appena detto, signor Richards, quella sera ho detto al maggiordomo di riferire ad Ann dell'appuntamento e nel contempo l'ho pregato di non dire a nessuno che sarei rimasto nella tenuta. Dopo il temporale, mi sono avvicinato alla casa, rimanendo in silenzio dietro la siepe, aspettando Ann. Lei è arrivata dieci minuti prima di mezzanotte.»

«Ha visto da quale parte della casa proveniva la ragazza?»

«Dalla parte posteriore» rispose con convinzione l'uomo. «Ann è uscita dalla porta della cucina. Si era anche portata dietro le chiavi, per poterla aprire al ritorno.»

«Molto bene. È certo che in quel momento Reginald non si trovasse ancora in piscina?»

«Assolutamente, signore. Quando io e Ann ci siamo allontanati la piscina era deserta.»

Wilson si lisciò il mento con la mano. «E la sua fidanzata quando ha fatto rientro a casa?»

«Verso le 2 del mattino. Non ha voluto che l'accompagnassi fin sotto casa per paura che qualcuno ci vedesse. Ci siamo scambiati l'ultimo bacio poco oltre la siepe, quindi è entrata in casa sempre attraverso la porta di servizio. Io invece sono tornato nel capanno.»

Annuii con la testa. «Questo spiega le tracce di fango sulle suole delle scarpe della giovane.»

«E dalla vostra posizione non avete notato nulla di strano in piscina?» domandò Harris.

«No, sceriffo, mi creda. La piscina era deserta. Se Reginald fosse già stato ucciso, il suo corpo avrebbe galleggiato sull'acqua e noi l'avremmo visto.»

Rimasi per qualche istante a riflettere sulle risposte del giovane.

«Be', è plausibile» ammise Wilson con un cenno di assenso. Ci fu una breve pausa, durante la quale mi avvicinai alla finestra e guardai oltre. Il buio aveva già avvolto la campagna e una timida luna si affacciava oltre le cime degli alberi.

«Andrew, domani ci saranno i funerali di Reginald. Cos'ha intenzione di fare?»

«Ho già preso la mia decisione, signor Richards. Verrò. Devo farlo, soprattutto per Stephanie.»

12

«Terra alla terra, cenere alla cenere, polvere alla polvere. Rimettiamo l'anima del nostro caro fratello scomparso nelle mani di Dio onnipotente.»

Con queste parole il pastore Morris chiuse il breve ma intenso elogio funebre di Reginald Smith nel cimitero di Maple Grove a Nicholasville. Il vento agitava i rami degli alberi e il cielo si era incupito, soffocando gli aneliti dei raggi del sole.

Assistevano alla cerimonia, oltre alla famiglia Forrest al completo, la signorina Martin con Madge Evans, la moglie del pastore, il dottor Greene, Ann Jones, i notabili della città, tra cui il sindaco con la consorte, e numerosi rappresentanti della comunità scientifica e affaristica della città. Mi sorpresi di non vedere l'impresario Edwards, ma, da quello che ci riferirono, si trovava fuori città per impegni professionali. Era assente anche il maggiordomo Sam.

Io, assieme a Wilson e allo sceriffo, me ne stavo in disparte, su una collinetta non molto distante dal luogo delle esequie, a osservare quanto accadeva.

Al termine della cerimonia ci avvicinammo al gruppo. Madge Evans appariva la più sconvolta di tutti. Si avvicinò a Wilson, a stento trattenuta dal dottor Greene, e, senza nemmeno un saluto, iniziò a parlare: «Non piaceva nemmeno a me quell'uomo, è vero, ma vedere quella serpe piangere al fianco del professore, è troppo!».

«Quella serpe?» chiese imbarazzato il mio amico. «Ma di chi sta parlando?»

«È ovvio, della governante!»

«Madge» la redarguì Greene. «Abbassi la voce e badi a ciò che dice!»

«E cosa dovrei temere, dottore?» sbottò lei concitata. «Mi ha già accusato davanti al professore, cercando di rendermi la vita un inferno. Che può farmi di peggio? Che mi caccino pure di casa!»

«Si calmi, signora Evans» cercai di ammansirla. «Di cosa l'ha rimproverata la signorina Martin?»

«Da quel che so» spiegò Greene «fu proprio lei a riferire al professor Forrest che Madge aveva qualche problema con l'alcol. Secondo quella donna, Madge doveva essere allontanata perché incapace di svolgere appieno le sue mansioni.»

«Uhm… capisco.»

«Al contrario, il professore» continuò il dottore «uomo molto comprensivo, decise di venirle incontro mettendola nelle mani del pastore Morris, che allora dirigeva anche un centro di recupero per alcolisti cronici. La signorina Martin non lo ha mai accettato. Da allora tiene gli occhi fissi su Madge con la speranza, suppongo, di trovarla ancora una volta ubriaca.»

«Una donna dal temperamento forte, quella governante» commentò Harris.

«Però, signora Evans» continuai osservandola con interesse «mi sembra di capire che, oltre a questa sua acredine nei confronti della governante, ci sia qualcos'altro che vuole dirci. Sbaglio?»

«Non sbaglia affatto, signore. In questi giorni ho riflettuto molto sulla tragica notte in cui il signor Smith è stato assassinato. Avevo la sensazione che mi fosse sfuggito un particolare, ma vedere oggi l'espressione falsamente triste di quella donna me lo ha fatto tornare in mente.»

«Di cosa si tratta, esattamente, signora?»

«Perché non chiedete alla governante dove si trovava la sera in cui il signor Smith è stato ucciso?»

«Perché?» domandò aggrottando la fronte Harris. «Non era nella sua camera?»

«Circa dieci minuti prima della mezzanotte» esordì la donna «stavo per coricarmi, con la mia bella tazza di latte bollente in mano. Ricordo che, camminando, ho versato qualche goccia sul pavimento, proprio davanti alla stanza della governante. Mi sono inginocchiata per asciugare e mentre mi stavo rialzando, ho notato che la porta era socchiusa. Mi sono meravigliata, perché chiude sempre la porta a chiave.»

«Sta cercando di dire che la governante non era nella sua camera?»

«Ah, dove fosse non lo so, ma la porta era aperta. Fatevi dire da lei dove si trovava.»

«È quello che faremo, non ne dubiti.»

Proprio in quel momento si avvicinarono Andrew e Ann Jones.

«Sei piuttosto scossa, Madge…» disse Andrew. «La prego dottor Greene, può accompagnarla a casa? Le faccia bere un bicchiere d'acqua. E tu, Madge, ricomponiti prima che ti veda la signorina Martin.»

Con lo sguardo perso nel vuoto, la cuoca fece un inchino e scomparve oltre il viale con il dottor Greene.

«E allora, signorina Jones» la incalzò Harris. «Non ha nulla da dirci?»

La ragazza abbassò lo sguardo, le guance infiammate. «A tal proposito, signori, vorrei scusarmi per le mie menzogne.»

«Perché lo ha fatto?» le domandai calmo. «In fondo stava andando a un appuntamento con il suo fidanzato.»

«Ho avuto paura, signore. Paura che poteste farvi un'idea terribile di me.»

Lo sceriffo stava per aprire le labbra, ma Wilson lo arrestò con un cenno della mano.

«Signor Richards, lei crede in una vita dopo la morte?» domandò la ragazza.

«Sarebbe un'assurdità pensare il contrario. Mi piace immaginare l'esistenza di un luogo non corrotto dai drammi e dalle miserie degli uomini, e dove ogni nostro respiro si perda in un'eterna felicità.»

«Che belle parole. Come sarebbe migliore il mondo se ogni uomo fosse capace di perdonare, anziché volgersi contro i propri fratelli, specie se gravemente ammalati» sospirò la Jones. «Ricordo sempre, in questo periodo dell'anno, la cerimonia con la quale mio padre, mosso da fervente fede, mi educava a chiedere perdono al Signore di ogni nostra mancanza nei suoi confronti e nei confronti di tutti coloro, amici, parenti e conoscenti, con i quali eravamo venuti in attrito nell'anno appena trascorso. Lo ricordo mentre mi benediceva con questa preghiera: "Iddio onnipotente ti benedica e custodisca. Splenda, o Signore, il tuo volto su di lei e concedile ogni grazia". Dio solo sa.»

«Molto suggestiva» commentò Wilson.

«Chissà, magari Reginald si trova già laggiù, in attesa del nostro arrivo» disse Andrew in tono beffardo.

La ragazza osservò il fidanzato e scosse la testa stizzita.

«Verrete stasera alla serata di beneficenza organizzata dal pastore Morris?» domandai.

«Oh, per quel che mi riguarda» rispose il giovane «credo che me ne starò a casa. In realtà mi piacerebbe molto esserci, ma le nostre famigerate norme sociali impongono di astenerci da ogni evento mondano durante un lutto. Personalmente non approvo, ma debbo farlo per mio padre e per Stephanie. Andrà la signorina Martin a rappresentare la famiglia Forrest.»

«Uhm, capisco. E lei, signorina Jones?»

«Oh, io non vado molto d'accordo con i ricevimenti di beneficenza, signor Richards. Li considero un'inutile perdita di tempo, necessari solo a rinsaldare vecchie amicizie, crearne di nuove o a modificare certi equilibri di potere. E poi non amo lo scintillio dei lustrini e dei gioielli delle signore e nemmeno i discorsi infarciti di politica ed economia dei loro mariti. Tutti firmano assegni più per spirito di competizione che per reale volontà di concorrere al bene della società.»

«Molto bene, vorrà dire che andremo soltanto io e il giudice Wilson. E lei, sceriffo Harris, cosa intende fare?»

«Be', dovrei portare a teatro mia moglie. Vi dispiace?»

«Assolutamente, sceriffo» replicò Wilson. «Non dimentichi di portarle delle rose.»

Lasciammo alle nostre spalle i due giovani fidanzati e ci dirigemmo verso la macchina.

«Cosa ne pensate delle parole della cuoca?» domandò Wilson mettendosi in bocca una sigaretta. «Credete che sia stata completamente sincera?»

«Be', che ci sia dell'astio tra quelle donne è indubbio» risposi «e questo potrebbe spingere la Evans a lasciarsi andare a delle considerazioni non obiettive.»

«Se devo essere sincero» disse Harris «quella striminzita della governante non mi è mai piaciuta. A mio parere, tenta di nasconderci qualcosa. Mi è parsa più preoccupata che addolorata per la disgrazia che ha colpito quella casa.»

«Avremo ancora modo di fare una piacevole chiacchierata con la signorina, sceriffo» dissi con indifferenza.

In quel preciso momento si levò un vento freddo, accompagnato dalle prime gocce di pioggia. Per fortuna avevamo già raggiunto l'auto dello sceriffo e ci incolonnammo, insieme alle altre auto, lungo il viale che conduceva fuori dal cimitero. I tergicristalli ansimanti faticavano a pulire il parabrezza dall'acqua e dalle foglie portate dal vento. Mentre ci muovevamo, i miei occhi indugiarono sui coniugi Morris che, protetti dall'ombrello, si erano fermati a pregare davanti a una tomba.

13

Arrivammo a casa Forrest alle cinque del pomeriggio. Madge venne ad aprirci la porta con un sorriso di benvenuto, prima ancora che suonassimo il campanello. «Vi ho visto parcheggiare l'auto, signori. Accomodatevi pure.»

«Non mi dica che ha fatto licenziare Sam!» commentai ironico.

«Oh, no, no, si figuri detective.» La donna sembrava essersi pienamente ripresa. «Avrete di certo notato che Sam mancava anche alla cerimonia funebre di stamani. Sta poco bene, un mal di gola credo. Di conseguenza è toccato a me, oggi, dedicarmi alla pulizia delle varie camere. Posso esservi utile?»

«Sono già tornati a casa il professore e la governante?»

«Il professore è arrivato da qualche ora.» Abbassò il tono di voce e aggiunse: «La vipera l'ha preceduto. In questo momento, si trovano entrambi nello studio».

«Ci farebbe la cortesia di introdurci?»

La donna annuì. Una volta saliti al primo piano, la Evans bussò alla porta ed entrò nello studio. Ci fu un breve scambio di voci e, qualche istante dopo, Madge tornò per informarci che il professore ci avrebbe ricevuto.

Gerald Forrest ci accolse con scarso entusiasmo. Stava seduto dietro lo scrittoio; l'avevamo interrotto mentre era intento a dettare una lettera alla governante.

«Scusatemi, signori, ma non mi aspettavo proprio questa visita» ci disse facendoci accomodare. «Come avrete constatato, l'attività di uno scienziato non si ferma mai. Nonostante la drammatica giornata, non posso fare a meno di rispondere alle lettere di alcuni colleghi. Posso sapere il motivo della vostra visita?»

La governante stava seduta rigida e composta.

Harris, con assoluta mancanza di garbo, fu il più lesto a parlare. «Un uccellino ci ha fornito delle informazioni sulla qui presente signorina Martin, in merito alla notte in cui è stato assassinato il signor Smith.»

Il vecchio inarcò le sopracciglia. «Giudice Wilson, sceriffo Harris, cos'è questa storia?» Si alzò in piedi dietro la scrivania. Quindi spostò lentamente lo sguardo su di me. «Lester, ti pregherei di mettermi al corrente di ogni novità riguardante questa maledetta faccenda, soprattutto se coinvolge persone di mia fiducia.»

Harris stava per aprire bocca, ma Wilson, con un cenno della mano, gli fece capire di non interferire. Si avvicinò al vecchio. «Facciamo soltanto il nostro lavoro, professore» disse in tono pacato. «Nonostante tutto, le chiedo di scusare certi nostri atteggiamenti, qualora eccedano le buone regole della sua ospitalità. Desideriamo soltanto ottenere delle risposte ad alcune domande.»

A quelle parole Gerald emise un lungo sospiro, tornò a sedersi e annuì con la testa.

«Signorina Martin» iniziai, mettendo mano al mio taccuino «vogliamo che lei faccia chiarezza su una questione di cui siamo venuti a conoscenza questa mattina. Non si preoccupi, potrebbe trattarsi di una semplice formalità.»

«Dica pure» rispose, dando un'occhiata al professore.

«Signorina, dalle sue dichiarazioni risulta che la sera

dell'omicidio si è ritirata nella sua stanza alle 23.20 circa, si è coricata e ha dormito fino alla mattina successiva. È corretto?»

La donna soppesò la domanda per qualche istante, poi rispose: «È esatto, signore. Ero molto stanca e sono stata immediatamente vinta dal sonno».

«Allora perché un testimone sarebbe pronto a giurare che lei mancasse dalla sua camera prima della mezzanotte?»

«Io… io…» mormorò imbarazzata. «È stata la cuoca a riferirvelo? Dovevo immaginare che prima o poi avrebbe escogitato qualcosa!»

«La prego di rispondere alla domanda, signorina» disse Wilson con fermezza.

«Se lo desidera, può anche pensarci un attimo, qualora non rammenti» le sorrisi.

La Martin si lasciò andare sulla sedia e fissò pensosa il pavimento. Le sue mani, incrociate sul ventre, si aprivano e si chiudevano frenetiche, in preda a una grande agitazione. Ebbi l'impressione che non volesse rispondere, ma poi lo fece, sforzandosi di mantenere la calma.

«La verità è che non riuscivo a dormire…» Il tono della sua voce era basso. «Vedete, ero scossa per tutto quello che era successo durante la cena, per cui sono scesa al pianterreno e da lì mi sono recata in cucina con l'intenzione di prepararmi una camomilla. Credevo che si trattasse di un particolare senza importanza, per questo non l'ho dichiarato.»

Harris, sempre sospettoso, pose la domanda successiva: «Ha incontrato qualcuno mentre scendeva le scale, o ha notato qualcosa d'insolito?».

Mentre Harris procedeva con l'interrogatorio, Gerald era rimasto immobile. La sua espressione però era cambiata: non più battagliera come qualche istante prima, ma preoccupata.

«Non ho visto nessuno e non ho notato nulla di strano» rispose la donna nel frattempo.

«Ricorda che ore fossero?» domandò Wilson.

«Credo le 23.50» rispose, sforzandosi di ricordare.

«Ne è certa, signorina?» le chiesi con un certo interesse.

La domanda la fece sobbalzare. «Be'… minuto più, minuto meno, credo di sì.»

«Uhm» feci dubbioso «in tal caso il risultato dell'equazione non è quello che ci si aspetterebbe.»

«Cosa vuole dire? Non capisco.»

«Ci risulta che in quel preciso momento la signora Evans stesse salendo proprio dalla cucina con il suo bel bicchiere di latte in mano. Come è possibile che non vi siate incontrate?»

La Martin inspirò pesantemente, rimanendo in silenzio per alcuni interminabili attimi. Poi il suo sguardo si volse ancora una volta in direzione di Gerald.

«Dove volete arrivare con tutte queste domande?» sbottò d'un tratto il vecchio. «La signorina Martin era in mia compagnia quella notte. Per cortesia, non mettetela più in imbarazzo. Vi fornirò io le risposte di cui avete bisogno.»

Quindi si rivolse alla donna: «Mia cara, vuoi lasciarci soli?».

«No, Gerald!» esclamò la donna. «È ora di affrontare assieme la situazione.»

«Professore» chiese Wilson «vuole spiegarci meglio questa storia?»

L'uomo si alzò dalla poltrona e si diresse verso il mobile bar. Prese una bottiglia di bourbon, l'aprì, ne versò due dita in un bicchiere e lo vuotò in un sorso. Si passò la lingua sulle labbra e poi rispose: «Vi prego di serbare per voi queste mie parole, signori. Ebbene, io e la signorina Martin abbiamo una relazione che dura ormai da dieci anni».

«Dovevo immaginarlo» dissi scuotendo la testa. «Ricordo

che lei, signorina, il pomeriggio del mio primo incontro con il professore, è entrata nello studio senza nemmeno bussare; fatto insolito per una governante in servizio. L'unica spiegazione possibile era che tra voi due ci fosse un rapporto molto più intimo di quello che ci si aspetterebbe tra un datore di lavoro e il suo dipendente.»

«Proprio a te ho ricordato, Lester» riprese il professore «che nessun uomo può fare a meno di amare una donna.»

«Adesso comprenderete, spero» disse la Martin «il motivo dei miei tentennamenti.»

«Quindi quella notte lei era nella camera del professore…»

«Sì. Appena entrata nella mia stanza, sono rimasta ad attendere che nel corridoio non si udissero più rumori. Dopo pochi minuti sono uscita ma sfortunatamente non ho chiuso bene la porta.»

«E quando ha fatto ritorno nella sua stanza?»

«Il giorno dopo, mezz'ora prima che Sam bussasse alla porta.»

«Lei, professor Forrest» chiese Wilson in tono formale «conferma che la signorina stia dicendo il vero? Tenga conto, signore, che questa dichiarazione potrebbe avere importanti risvolti giudiziari.»

«Posso testimoniarlo con assoluta certezza, giudice Wilson» rispose il vecchio con fermezza.

La Martin e Gerald Forrest si scambiarono uno sguardo di complicità. Poi l'uomo, come per scaricare la tensione, si alzò dirigendosi verso la finestra e scrutò fuori.

«Odio questa pioggia incessante» mormorò. «Non fa altro che rendere ancora più amaro questo giorno. Greg mi ha appena riferito della presenza di numerosi giornalisti fuori dalla tenuta. Li ha visti, signor giudice?»

«Sì, professore, almeno una decina. Hanno avuto comunque il buon gusto di non intralciare la cerimonia funebre, non crede?» commentò Wilson.

Il professore scosse la testa. «È un miracolo che non me li sia ancora trovati dentro casa.»

«Be', mi sembra normale che la morte di Reginald abbia destato scalpore, non solo in città ma nell'intero stato» commentai. «Proveniva da una famiglia benestante e piuttosto conosciuta, ed era uno stimato professionista.»

«Dite un po', a che punto stanno le indagini? Avete qualche nuovo elemento?»

«Mi rincresce, Gerald, ma l'unica cosa che possiamo dirti è che esiste la concreta possibilità che il colpevole sia tra gli ospiti di quella notte.»

L'affermazione fece sussultare la Martin. «Dio mio, Gerald!» esclamò. «I tuoi ospiti, persone di cui ti fidi.»

Un velo di tristezza offuscò il viso del professore. «Non posso credere alle vostre parole, signori. Chi avrebbe potuto compiere una simile atrocità?»

«Be', come direbbe il pastore Morris, dal maledetto giorno in cui Caino uccise Abele gli uomini sembrano tutti assetati di sangue, e per i motivi più disparati.»

Il professore fece una pausa. Tirò fuori il fazzoletto e se lo passò sulla fronte madida di sudore.

«Professore» chiese Harris «sa se il defunto signor Smith avesse un rapporto teso con qualcuno che ha dormito in casa quella notte?»

«Teso al punto da uccidere» aggiunsi serio.

Il vecchio scrollò la testa, incredulo. «Non che io sappia. Il dottor Greene si trova in città da un mese. Ha preso il posto del precedente medico condotto, passato a miglior vita. È un brav'uomo e un ottimo professionista. Lo stesso Reginald, dopo averne apprezzato le doti umane e professionali, aveva voluto affidarsi alla sua arte.

«Ann Jones è una ragazza di gran cuore. È riuscita a prendere le giuste contromisure nei confronti del carattere irritante di Reginald. Credo che lei cercasse anche di fare da cuscinetto tra Reginald e Andrew. Tra i due, infatti, non c'è mai stata grande intesa. Sono molto orgoglioso del mio ragazzo, ma devo anche ammettere che Reginald aveva molto più talento.

«Per quanto riguarda il pastore Morris, posso dirvi che è un'istituzione in città. È stato un grande amico del padre di Reginald e ha sempre sostenuto con dedizione e spirito di sacrificio la nostra comunità. Qualche anno fa si fece promotore di un centro per l'accoglienza e il recupero degli alcolisti cronici, e anche la nostra cuoca ne ha tratto beneficio. Collaborò con l'avvocato Phillips, di cui conoscerete senz'altro la Business and Professional Women's Organization, fondata a Ginevra nel 1930.»

«Chi non conosce l'avvocato Lena Madesin Phillips?» si chiese Wilson. «Fu una grande sostenitrice delle campagne per i diritti delle donne, partendo dalla considerazione che l'universo femminile non era mai stato valorizzato da una società troppo maschilista.»

«Esattamente» concordò Gerald. «Odiava le ingiustizie striscianti nelle grandi città, la disperazione della gente e i mali di questa nostra società, con i quali solo pochi fortunati non si confrontano mai. Un giorno ebbe la felice intuizione di coinvolgere tutte le donne lavoratrici in una grande organizzazione attraverso la quale favorire tutto il loro potenziale professionale, elevandone il livello culturale e di istruzione, in modo che potessero assumere ruoli di responsabilità nella vita economica, politica e sociale di ogni paese. Ne fece la sua ragione di vita. Lena era assolutamente convinta che le donne dovessero ambire non soltanto all'emancipazione e all'aumento del loro prestigio sociale, ma soprattutto a influenzare l'opinione pubblica.»

«Certo, donne emancipate» aggiunse la Martin «senza però dimenticare il loro lato umano né, tanto meno, la loro dimensione familiare.»

«La donna» proseguì il professore «è sempre stata simbolo di rigenerazione, di vita, di protezione e di maternità universale, custode del focolare domestico e motore propulsivo della famiglia, nucleo fondamentale della società. Soltanto a lei poteva spettare il compito di migliorare le condizioni di vita di ogni individuo, creando le basi per la pace. In breve tempo, attorno all'organizzazione si creò una grossa rete di sostenitrici, non solo in America, ma anche in Europa, dove la Phillips si recò dopo la fine della guerra. In quei paesi martoriati trovò un vasto seguito femminile. Laggiù conobbe molte donne brutalizzate dalla guerra o sottoposte alle più vergognose umiliazioni. Nei loro occhi scorse sì il dolore, ma anche il desiderio ardente di rinascere a nuova vita, come le fenici.

«Tra le più strette collaboratrici di Lena c'era anche Meredith Bennett, la moglie del pastore. Invitata da Lena a trascorrere un breve periodo nella nostra cittadina, Meredith conobbe Baldwin Morris. A dispetto della differenza di età, i due si innamorarono e si sposarono qualche mese dopo.»

«Un vero e proprio colpo di fulmine» dissi sorridendo.

«Eppure posso dirti» aggiunse il professore «che non mi aspettavo che il loro rapporto durasse tanto. Pensavo che la loro differenza di età facesse emergere contrasti incolmabili. Sono felice di essermi sbagliato.»

«L'avvocato Madesin Phillips è morta due anni fa, se non sbaglio» disse Harris.

«Proprio così. Oggi riposa nella tomba di famiglia a Maple Grove. Comunque, per tornare al discorso di prima, ora che ci penso, posso dirvi che quella sera Reginald non mi è parso molto contento di vedere Morris. Era il pastore che lo voleva vedere per forza prima di cena.»

Camminai lentamente verso la poltrona e mi accomodai. «Gerald, conosci la ragione per cui Reginald fosse così dispiaciuto di trovare a casa il pastore Morris?» gli chiesi voltandomi.

Il professore fece una smorfia. «No. Non mi piace immischiarmi nelle discussioni che non mi appartengono. Quella situazione, per me, era oltremodo imbarazzante. Per questo motivo li ho lasciati da soli e mi sono chiuso nello studio.»

«Quindi non sapresti dirci quanto tempo sono rimasti a chiacchierare?» domandai ancora.

«No, infatti. Poco prima dell'ora di cena sono andato a fare una passeggiata in giardino. Al ritorno, mentre passavo vicino alla piscina, mi sono imbattuto in Reginald. Se ne stava in silenzio, completamente assorto nei suoi pensieri. Mi sono fermato per un attimo, ma era di pessimo umore e mi ha fatto cenno con la mano che non voleva essere disturbato. A quel punto ho continuato per la mia strada e sono rientrato in casa.»

«Uhm… da quello che ho intuito dalle tue parole, Gerald, Reginald è rimasto molto scosso dall'incontro con Morris.» A quel punto tentai un affondo: «Credi che ci possa essere un collegamento tra quell'alterco e la morte di Reginald?».

«Sinceramente, non vedo come una semplice discussione possa essere causa di una simile tragedia. A ogni modo, stasera ci sarà la serata di beneficenza organizzata dalla signora Meredith. Quale migliore occasione per chiedere direttamente al marito i motivi di quella chiacchierata?»

«Ancora una domanda, Gerald. Cosa ci dici di Nathan Edwards?»

«Su quell'uomo non so molto. È amico di Andrew, ed è stato un gran benefattore per la signorina Jones che, un tempo, era la sua domestica. Dopo essersi conosciuti, lui e Reginald hanno intessuto un rapporto di cordiale amicizia.»

Il professore ci accompagnò alla porta. «Mi auguro che possiate trovare le risposte ai vostri dubbi, signori. Se avrete altro da chiedere, consideratemi a vostra completa disposizione.»

Appena usciti, fummo investiti da un freddo tagliente. Wilson si accese una sigaretta ma, dopo le prime due boccate, fu colto da un violento attacco di tosse.

«Penso che sia meglio che ti stringa la sciarpa attorno al collo, Wilson, se non vuoi rimanere a letto per i prossimi giorni, vittima dell'influenza.»

«Accidenti a te, Lester» replicò infastidito. «Piuttosto sono queste maledette sigarette la causa dei miei malanni! Non riesco a farne a meno.»

«Si trovi una moglie, allora, giudice» disse Harris allegramente «così con tutto il bel daffare che avrebbe per accontentarla, si scorderebbe di ogni vizio. Lo stesso consiglio lo darei anche alla cuoca, la signora Evans.»

«E lasci in pace quella povera donna, sceriffo!» si stizzì Wilson.

«No, veramente, dico sul serio. Ha notato che indossava calze di colore diverso sotto la gonna? Un marito glielo avrebbe fatto notare certamente.»

«Che sia abbastanza stravagante, non c'è dubbio» commentai.

Wilson replicò, mormorando qualcosa di irripetibile.

«Sapete» continuò Harris «credo che le parole del professore siano da tenere in seria considerazione. C'è qualcosa che non quadra. E non mi pare, tra l'altro, che abbiamo una pista più chiara da seguire. Questo significa che la mia signora dovrà accontentarsi, anche questa sera, di vedere da sola la televisione.»

«E tu cosa ne pensi, Lester?» chiese Wilson.

«Il problema, mio caro amico» risposi «è che, in questo momento, non possiamo permetterci di ignorare nulla. Certo, la rivelazione di Gerald potrebbe non avere alcun significato particolare, ma abbiamo alternative? Credo che trascorrere una piacevole serata in compagnia del buon pastore non potrà che giovare alla nostra indagine, oltre che ai nostri nervi.»

14

Il salone della piccola chiesa del pastore Morris era illuminato a giorno e gli addobbi erano talmente sfarzosi da far invidia alle più mondane feste di Lexington.

Notai il dottor Greene discutere allegramente con alcuni ospiti, tra i quali c'era Evelyn Martin.

Meredith Bennett era in compagnia di un'anziana donna. Appena si accorse della nostra presenza ci venne incontro.

«Giudice Wilson, detective Richards, è un piacere accogliervi nell'umile dimora del Signore.»

«Vedo che la gente non ha perso la voglia di adoperarsi per una giusta causa.»

«Se devo essere sincera, non credevo che la comunità avrebbe risposto alla nostra richiesta di aiuto economico. E invece, guardate un po'. Sono orgogliosa del mio Baldwin, di come riesce a coinvolgere ogni pecora del gregge con quegli splendidi sermoni. Credo che quella di oggi sia la serata più emozionante da quando ho messo piede in questa città. Oh, a proposito signori, posso presentarvi la signora Ward, la titolare della Wintherton Household Management?»

«Lei è la vedova del defunto Thomas Ward?» chiese Wilson.

«Conosceva mio marito?» rispose l'anziana donna.

«Signora, non credo che ci sia qualcuno delle nostre parti

che non abbia mai sentito parlare di uno dei più grossi allevatori di cavalli da corsa di tutto lo stato.»

«Be', ammetto, a malincuore, che quella era la più grande passione del mio povero marito.»

«Mia cara Laurie» osservò la signora Morris «direi non solo la più grande ma anche l'unica. Ha sempre pensato troppo ai cavalli e non abbastanza alla moglie, non sei d'accordo?»

L'ilarità che l'allusione destò nelle due donne mi fece venire in mente una freddura di Bernard Shaw: «Sapendo che il primo posto nel cuore dei loro uomini è, in modo incontrastato, occupato dai cavalli, le donne inglesi cercano di assicurarsi almeno il secondo posto in graduatoria, facendo di tutto per assumere un aspetto equino. E di solito ci riescono».

«Come vi dicevo, la signora Ward» continuò la Bennett «dirige la Wintherton Household Management. Signor giudice, se mai avrà la necessità di reperire un domestico, un giardiniere o una cuoca non deve far altro che chiederlo a lei.»

«Oh, mia cara Meredith, sai bene come lusingare il prossimo. In realtà mi vanto, senza falsa modestia, di aver fornito a diversi nuclei familiari del personale di assoluta affidabilità e competenza. Il professor Forrest ha mai avuto motivo di lamentarsi della sua cuoca? Oppure tu stessa, Meredith, del fascinoso giardiniere che ti ho reperito?»

«Hai assolutamente ragione, Laurie. Greg è davvero un portento con cesoie e fertilizzanti.»

«Scusatemi signore, vi state riferendo al signor Greg Martin?»

«Sì» rispose la moglie del pastore. «Si prende cura del giardino della chiesa nei fine settimana.»

«Capisco.»

«Piuttosto, mi dica, detective Richards» continuò la Bennett «ha scoperto l'identità del misterioso assassino del povero signor Smith?»

«Ancora no, signora, ma ci stiamo lavorando incessantemente. Si tratta di un caso piuttosto curioso. Purtroppo, a oggi, abbiamo raccolto pochi elementi, ma sono fiducioso che alla fine giungeremo a dare un nome e un cognome all'omicida.»

«Un fatto molto spiacevole» commentò la Ward. «Mi chiedo che fine farà questa umanità così votata al male. Quell'uomo si sarà forse fatto odiare da molti, ma non meritava la fine che ha fatto.»

«Laurie, a proposito del signor Smith, perché non informi i signori dello scandalo di cui tanto si parlava in giro?»

«Meredith, non saprei» rispose scettica la Ward. «Dopotutto si tratta di semplici pettegolezzi.»

«Perdonateci, signore» intervenni «credo che sia io che il giudice Wilson avremmo il piacere di conoscere la ragione di tanto turbamento.»

Wilson tossì imbarazzato.

«Be', se proprio lo desidera, detective...» La voce della donna era profonda e bassa, come se volesse evitare che altri sentissero le sue parole. «Ebbene, si è mormorato tanto che il signor Reginald avesse una giovane amante, e che, a causa di questa donna, la sua povera moglie fosse costretta a passare tutte le notti in bianco.»

«Ricordo che all'inizio» disse la Bennett «non volevo prestare fede a queste malignità. Quei due sembravano fatti l'uno per l'altra.»

«E conoscete anche l'identità dell'amante di Smith?»

«Oh, detective Richards, lei esige troppo da delle povere casalinghe come noi.»

«La signora Forrest» commentò Meredith Bennett «avrebbe dovuto tenere d'occhio meglio il proprio uomo.»

In quel preciso momento Wilson notò il pastore Morris poco distante dal luogo in cui ci trovavamo e con un cenno invitò Harris a condurlo da noi.

«Lo so, lo so, Meredith» osservò la Ward, che non si era accorta dei nostri movimenti. «Stai sempre a ripetere le stesse cose. Parli facile tu, con quel sant'uomo che ti ritrovi accanto!»

«Laurie» ribatté «ognuna si merita l'uomo che ha sposato. Nel bene e nel male.»

«Un figlio, ecco cosa avrebbe potuto tenerli stretti» sentenziò la Ward. «Un bel bambino.»

«Credo che lei non possa averne...» aggiunse la Bennett.

«Va bene, signore, va bene così» sbottò Wilson contrariato. «Vedo che siete entrambe piuttosto esperte in questo genere di faccende.»

«Be', il vento porta con sé molte parole» rispose compiaciuta la signora Bennett. «Bisogna soltanto farsi trovare con le orecchie pronte nella giusta direzione.»

«Il suo discorso non fa una piega, signora» ammisi con rammarico.

Le donne arrossirono e finalmente tacquero per qualche minuto, almeno fino a quando il pastore Morris non arrivò in compagnia dello sceriffo.

«Baldwin caro, c'è qualcosa che non va?» chiese la moglie preoccupata.

«Non crucciarti cara. I signori desiderano soltanto avere qualche informazione sulla nostra confraternita.»

La signora Morris annuì senza troppa convinzione.

«A proposito, detective Richards» disse la Ward.

«Desidera, signora?»

«Templeton, Agnes Templeton. È il nome della mia segretaria, qualora abbia bisogno di aiuto a casa sua.»

«Oh, ma certamente. È molto gentile.»

«Allora, pastore Morris» disse Harris «c'è un posto tranquillo dove possiamo parlare?»

«Venite nel mio studio» rispose l'uomo. «Là dentro non saremo disturbati.»

Morris ci condusse in casa sua. Era situata a circa dieci metri dal salone, proprio di fronte alla chiesa. Ci introdusse in un'ampia stanza al pianterreno. Sprofondò sulla poltrona dietro il suo scrittoio e ci invitò a fare altrettanto su quelle sistemate davanti. Harris preferì stare in piedi.

«Ho appena saputo dallo sceriffo» esordì Morris «che le indagini sul delitto di Reginald Smith sono ancora a un punto morto. La gente là fuori mormora parecchio e ha paura. Sapete bene che questa era una cittadina pacifica e tranquilla prima che qualcuno la facesse diventare la scena di un delitto.»

«Ne siamo assolutamente consapevoli» dichiarai. «Purtroppo, anche la giustizia ha i suoi tempi.»

«Pastore Morris, può rispondere a qualche domanda?» tagliò corto Wilson, mettendosi comodo su una poltrona e accendendosi una Winston.

«Per quale motivo non dovrei farlo?»

«Molto bene» continuai. «Che genere di rapporti aveva con il signor Smith?»

L'uomo mi lanciò uno sguardo stupito, ma rispose con prontezza: «Oh, semplici rapporti di tipo pastorale. Apparteneva alla mia comunità, così come ne era stato membro suo padre Arkell».

«Pastore» chiesi con tono tranquillo «la sera dell'omicidio, poco prima dell'ora di cena, lei si è incontrato con il signor Smith?»

«Certamente. Volevo salutare il professor Forrest per ringraziarlo dell'invito e nello studio incontrai anche lui.»

«Non mi pare che l'incontro fosse così fortuito. Quella sera era particolarmente agitato e Reginald mi disse che proprio lei aveva chiesto di incontrarlo.»

«Si sta sbagliando, detective...»

«Pastore Morris» proseguì Wilson, alzando il tono della voce «è vero che la sera dell'omicidio di Smith tra voi due c'è stato un litigio?»

Le guance di Morris si arrossarono intensamente. «Be', non è stato un vero e proprio litigio. Direi piuttosto che abbiamo avuto un vivace scambio di vedute.»

«Riguardo a cosa?»

«La ritenevo una vicenda ormai morta e sepolta. Il padre di Reginald, Arkell Smith, alla sua morte mi lasciò in eredità una discreta somma di denaro, con una clausola: avrei dovuto utilizzare i soldi per ristrutturare la piccola chiesa della nostra comunità metodista.»

«Non mi pare che la chiesa sia stata rimodernata negli ultimi tempi, pastore» osservò lo sceriffo. «Sono state verniciate di bianco le pareti ed è stata comprata qualche sedia. Perbacco, se questa lei la chiama ristrutturazione!»

«È probabile che quei quattrini abbiano subito una sorte diversa, sceriffo» aggiunsi. «Cosa ci dice a tal proposito, pastore Morris?»

L'uomo fece una breve pausa e poi rispose sospirando: «Infatti, non li ho destinati a quello scopo».

«Vuole spiegarcene il motivo?» domandò Wilson.

Morris si alzò e cominciò a passeggiare nervosamente su e giù per la stanza, poi si voltò. «Il gioco, giudice... il gioco e le scommesse» rispose a bassa voce. «Quel demone mi perseguita da molto tempo.»

«La solita maledizione del denaro» mormorò Harris.

«E non è riuscito a scacciarlo, quel demone?» gli chiesi.

«Credevo che voi, uomini di fede, aveste qualche vantaggio rispetto a noi comuni mortali.»

«Si sbaglia, detective Richards. Anche noi siamo uomini e subiamo il peso delle nostre debolezze. Non utilizzai tutta la somma per la chiesa; la maggior parte mi servì per saldare i debiti che avevo contratto con gente di malaffare di Louisville.» Tirò fuori un fazzoletto e si asciugò la fronte che grondava di sudore. «Se non avessi pagato mi avrebbero fatto fuori.»

«E come reagì Reginald Smith quando venne a conoscenza del pasticcio in cui si era cacciato?»

Morris tornò dietro la scrivania e si sedette nuovamente. «Be', fu inflessibile nel pretendere la restituzione del denaro di suo padre, minacciandomi di denunciarmi allo sceriffo e all'autorità giudiziaria perché non avevo ottemperato all'obbligo impostomi dalla clausola del testamento.»

«La sera dell'omicidio ha avuto uno scambio di opinioni con Smith nello studio del professor Forrest. Cosa vi siete detti?»

«Contavo sulla mediazione di Gerald, ma non ha voluto partecipare alla discussione. Rimasti soli, ho pregato Reginald perché mi concedesse ancora qualche settimana per trovare il denaro che dovevo rendergli. Gli ho detto di questa serata, organizzata, in parte, per tale scopo. Ma è stato tutto inutile. Esigeva l'intera somma al termine di questo mese.»

Scossi la testa, perplesso. «E lei come ha reagito?»

L'uomo trasse un sospiro, si appoggiò allo schienale della poltrona e rilassò le mani sui braccioli. «Cosa avrei potuto fare? Avevo commesso un grave errore ed era giusto che ne pagassi le conseguenze. Sarei stato condannato da un tribunale e avrei perso per sempre la fiducia e la considerazione della mia comunità.»

«Ma non ha considerato l'altra possibilità, pastore?» chiese Harris, inarrestabile.

«Quale altra possibilità, sceriffo?» Morris si irrigidì.

«Quella di macchiarsi una seconda volta la coscienza» affermò con un ghigno Harris.

«Mio Dio, non intenderà dire che ho ucciso io Reginald Smith, sceriffo?» replicò sforzandosi di mantenere la calma.

«Be'» riprese Harris «non è vero forse che il signor Smith aveva scoperto il suo imbroglio e reclamava il denaro da lei illecitamente utilizzato? E non è vero che l'unico modo per sottrarsi a questo obbligo era mettere a tacere quell'uomo per sempre? Pastore Morris, si dice che le sue prediche siano così magnifiche che le parole raggiungono direttamente il cielo. Ha lo stesso talento nel mandare nel medesimo luogo i suoi parrocchiani?»

«Sceriffo!» Il pastore scattò in piedi. «Forse sarò un vizioso ma non mi sono macchiato le mani con il sangue di Reginald Smith! Ritengo che voi, signori, stiate drammatizzando troppo le confidenze che vi ho fatto.»

Rimase in silenzio per qualche attimo, poi osservò con marcato sarcasmo: «Oh, ma certo, ora capisco cosa siete venuti a fare nella mia casa! E anche la sua dura presa di posizione nei miei confronti mi è chiara, sceriffo. Avete il fiato dei vostri superiori e dell'opinione pubblica sul collo e siccome al momento annaspate nel buio, privi come siete di indizi, ecco che vi appigliate a qualsiasi futile pretesto pur di dar loro in pasto un nome e un volto che ne plachi il desiderio di giustizia. Tanto rumore per nulla».

Wilson sorrise con triste condiscendenza. «Mettere luce laddove si vedono soltanto ombre, pastore. Non le sembra un motivo sufficiente per mettere in chiaro la sua situazione?»

Sentendo parlare il pastore, ebbi la netta impressione che nel profondo della sua anima non ci fosse alcun disagio interiore, che nessun tormento lo assillasse. E questo era davvero inquietante, considerando che si trattava di un religioso; non si riteneva debitore nei confronti di Dio e non temeva il suo giudizio.

Scossi la testa. Morris sembrò cogliere il mio turbamento e per un attimo perse la sua combattività. I suoi occhi si fecero angosciati e distanti. Abbassò leggermente la testa, come gravato da un improvviso carico di dolore.

Dopo qualche istante, raddrizzò le spalle e sospirò profondamente: «Ahimè, la vita molto spesso ci mette davanti a delle scelte difficili. Credete che sia facile ascoltare la voce della propria coscienza e capire dove comincia il dovere di un uomo?».

«No, non lo è» risposi, sforzandomi di comprendere. «Non sempre l'uomo dà ascolto alla legge interiore che viene dettata dalla sua coscienza. Conseguentemente, non solo cade nell'errore di considerare soltanto il soddisfacimento dei propri desideri e interessi, ma in lui non si verifica nemmeno un conflitto interiore. Purtroppo, quando questo accade, l'uomo perde il riguardo per gli altri e segue i suoi istinti, lasciandosi intrappolare nelle maglie del male. Quanto può essere grave questa condizione in coloro che vestono gli abiti della fede?»

La mia provocazione colpì profondamente Morris. L'espressione del suo volto incarnò nuovamente il piglio intemperante sfoggiato qualche minuto prima. «Non tollererò più le vostre insinuazioni sul mio operato, signori.»

Si alzò con irruenza, raggiunse la porta dello studio e l'aprì, invitandoci ad andarcene. «La discussione finisce qui. Ho sbagliato a concedervi il mio tempo. Se vorrete parlarmi ancora, lo farete in presenza del mio avvocato.»

Gli occhi di Harris indugiarono a lungo sul pastore Morris, che ci precedeva in assoluto silenzio verso il portone d'ingresso.

«Se volete continuare a godervi la festa» disse di malavoglia «fate pure. In caso contrario, vi auguro una buona serata.»

Harris sussultò e gettò a Wilson e a me un eloquente sguardo di disprezzo. «Che atteggiamento…»

Wilson gli fece capire di chiudere la bocca, lasciando al pastore il tempo di raggiungere il salone e di sparire tra gli invitati.

«Avete notato» riprese lo sceriffo «che il nostro buon predicatore sembra privo di qualunque senso di colpa?»

Wilson annuì. «Capisco quello che vuole dire, sceriffo. Anzi, le dirò di più. Non soltanto non pare nutrire alcun disagio interiore legato alla sua condotta ma, quel che è peggio, non vedo in lui alcun timore di fronte a Dio, inteso come giudice severo.»

Harris appariva molto agguerrito. «Credetemi, secondo me quell'uomo ha fatto molto più che litigare con la vittima. Se l'avessi tra le mani sono sicuro che lo farei cantare per bene. Cosa ne pensa lei, Richards?»

Per qualche istante non risposi. Appena usciti dalla casa di Morris, infatti, avevo vagato distrattamente con lo sguardo tra gli invitati. Seduta dietro un tavolo, Meredith Bennett ringraziava, con larghi sorrisi di circostanza, tutti coloro che inserivano un assegno in una piccola urna, sulla quale un foglio recitava: «La casa del Signore ha bisogno anche del vostro sostegno. Pace e prosperità nelle vostre case».

In fondo al salone c'era un lungo tavolo, attorno al quale zelanti camerieri servivano cocktail e tartine. Poco lontano, in una zona meno affollata, vidi Greene discutere vivacemente con la signorina Martin.

«Accidenti detective» brontolò Harris. «È possibile che le mie domande la trovino sempre distratto?»

«La prego di accettare le mie scuse, sceriffo» replicai con un sorriso. «Le sue congetture sono interessanti, lo ammetto, ma la prego di basare i suoi sospetti su elementi concreti. Un'accusa non può poggiare su idee vaghe... Capisce cosa intendo?»

Nel frattempo non distoglievo lo sguardo dall'interessante litigio tra Greene e la Martin.

«Ho capito, ho capito» ripeté Harris, ma era chiaro che non era convinto.

«Bisogna ammettere» osservai «che il pastore Morris non è uno stinco di santo come ama far credere ai suoi parrocchiani. Sotto l'abito dell'irreprensibile uomo di fede, se ne nasconde un altro, ambiguo e perfettamente avvezzo a questo mondo e alle sue insane tentazioni, che possono essere vinte, come diceva Oscar Wilde, solo cedendovi. Ma attenzione, non è uno sprovveduto. Sebbene avesse un valido motivo per uccidere Smith e si trovasse in casa durante quella tragica notte, non disponiamo di alcuna prova. Mi creda, sceriffo, quello è un osso duro.»

«E d'altronde» aggiunse Wilson «ha dalla sua parte amicizie molto influenti in città. La gente non dimentica il bene che ha fatto alla nostra comunità.»

Lanciai un'occhiata all'orologio. Erano le 23 in punto. In quel momento vidi Evelyn Martin abbandonare bruscamente il dottor Greene e lasciare la festa. Entrò nella sua Cadillac, accese il motore e si allontanò velocemente in direzione di casa Forrest.

Rimanemmo ancora alcuni minuti a goderci la festa e a osservare i sorrisi di circostanza dei Morris. Dopo pregai lo sceriffo di accompagnarmi in albergo.

15

Il mattino successivo pervenne nell'ufficio dello sceriffo il rapporto autoptico del dottor Rodríguez, che confermava la teoria secondo cui Reginald Smith era stato dapprima narcotizzato con il barbitale e, in un secondo tempo, ucciso con una dose letale della stessa sostanza, iniettata in vena. Quando era stato buttato nella piscina, era già un cadavere. In particolare, l'autopsia mostrò che l'iniezione era stata praticata nella vena giugulare, sul lato destro del collo.

Quella fredda mattina decidemmo di tornare a casa Forrest. Non dimenticherò mai i drammatici momenti che seguirono il nostro arrivo alla tenuta. Harris aveva portato con sé tre uomini che, approfittando della luce del tiepido sole, controllarono ancora una volta la piscina e i luoghi della tragedia.

Suonammo il campanello del portone d'ingresso e Sam venne ad aprirci. Ci accolse anche la signorina Martin, con il suo solito sorriso tirato. Ci radunammo nel salone e la donna ci informò che il professore e la figlia erano appena usciti per recarsi all'istituto a raccogliere tutti gli effetti personali di Smith.

Ci fu qualche istante di silenzio, che venne rotto dalla governante per chiederci se desideravamo prendere il caffè. Senza perdere tempo, approfittai della sua presenza per porgerle qualche domanda.

«L'ho notata alla serata di beneficenza, ieri sera. Non mi pare però che si sia intrattenuta a lungo.»

Wilson, seduto vicino al caminetto, sollevò la testa interessato, ma non disse una parola.

«È così, infatti» rispose la donna. «Ho trovato quella festa piuttosto noiosa. Ho portato i saluti del professore al pastore Morris e ho consegnato alla moglie l'assegno da lui firmato. Per la cronaca» continuò con tono malizioso «anch'io mi sono accorta della sua presenza, detective Richards, e se vuole saperlo dalle mie labbra, mi sono intrattenuta a discorrere piacevolmente con il dottor Greene. Avevo alcune domande in merito a dei problemi di salute di mio fratello Greg. Sarà forse il mio carattere, che mi rende poco incline a partecipare a questi eventi mondani, o la tristezza per i drammatici eventi di questi giorni... In ogni caso, alle 23 mi sono messa in macchina e sono rientrata a casa.»

«Sono sicuro che il dottor Greene le abbia dato tutta la sua disponibilità.»

«Sì, è così» rispose asciutta.

In quel momento l'agente Jenkins, in preda a una palpabile eccitazione, fece il suo ingresso nella stanza. Si avvicinò allo sceriffo, gli mormorò alcune parole nell'orecchio e gli mise qualcosa nelle mani. L'uomo fece un ghigno di soddisfazione. Noi tutti, che avevamo assistito alla scena, attendemmo, colti da un'irrefrenabile curiosità, che Harris ci fornisse delle spiegazioni.

«Giudice Wilson, dia un'occhiata a quello che i miei uomini hanno trovato rovistando tra i rami della siepe.»

«Uhm... si direbbe un orecchino, e di splendida fattura.»

«Potrebbe dirci, signorina Martin, a chi potrebbe appartenere questo monile?»

La governante impallidì. Avanzò a passi incerti verso Harris. Ebbi l'impressione che le sue gambe stessero tremando. Prese l'orecchino tra le lunghe dita affusolate e lo esaminò per qualche istante.

La tensione del momento fu interrotta dal maggiordomo, che entrò nella stanza con il vassoio del caffè.

«Allora, signorina Martin» la incalzò impaziente Harris. «Sa a chi appartiene?»

«Credo di sì, sceriffo.» La voce della donna sembrava priva di vita. «È uno dei due orecchini che Reginald regalò, qualche mese fa, alla signora Forrest.»

«Colpita!» si fece scappare Harris.

«Ne è proprio sicura, signorina?» le chiesi alquanto imbarazzato.

«Sì, signore. Appartengono a Stephanie Forrest.»

«Accidenti, che colpo!» esclamò Harris gongolando. «Aveva proprio ragione a tenere in considerazione anche i pettegolezzi, detective Richards. Le dicerie che ci hanno riferito la moglie del pastore Morris e la sua vecchia amica sembrano corrispondere a verità. È probabile che la signora abbia scoperto le scappatelle del marito e, rosa dalla gelosia, lo abbia accoppato. Ma mentre compiva lo scellerato gesto, non si è accorta di aver perso il gioiello.»

«No! No!» esclamò la Martin sbattendo i pugni sul tavolo. «Stephanie non è responsabile di quell'orrendo crimine!»

La sua irruenza ci colse tutti alla sprovvista.

«Si calmi, signorina.» Wilson le posò una mano sulla spalla e la invitò a sedersi. «Capisco il suo stato d'animo, ma si sforzi di rilassarsi un attimo. Vuole un bicchiere d'acqua?»

«Non voglio un bicchiere d'acqua, giudice Wilson» sbottò lei. «Voglio soltanto che non accusiate quella ragazza! Non può essere lei l'assassino.»

Dopo un lungo e imbarazzante silenzio decisi di intervenire: «Lo so che brontolerà sceriffo, ma devo fare delle obiezioni alle sue conclusioni».

«Detective Richards, ha deciso di sconvolgere nuovamente le mie già provate facoltà mentali? E va bene, cacci fuori le sue obiezioni!»

«Segua il mio ragionamento. Quella sera, la cena è finita alle 22. L'omicidio è avvenuto circa due ore dopo, appena passata la mezzanotte. Se il colpevole fosse Stephanie Forrest, perché avrebbe commesso il crimine con i gioielli ancora addosso?»

«Forse perché ha semplicemente dimenticato di toglierli?» Harris abbozzò una risposta senza troppa convinzione.

Scossi la testa, dubbioso. «Lo escluderei. Si è reso conto a che categoria di donna appartiene Stephanie Forrest? Per donne come lei, spogliarsi dei propri vestiti costosi e riporre i monili in cassaforte dopo un evento mondano o una cena formale, è un rito a cui non ci si può sottrarre.»

«La sua spiegazione dipende dalla sua particolare confidenza con la signora Forrest e con il padre?»

La domanda dello sceriffo non mi andò giù. «La conoscenza che ho della signora, sceriffo, riguarda il mio passato e non credo che possa in alcun modo ostacolare le indagini.»

«Sceriffo Harris, le ho già detto che può fidarsi ciecamente del detective Richards» lo riprese Wilson. Poi si rivolse a me: «Tuttavia, mio caro Lester, credo anche che, in questo spiacevole caso, si debba dare importanza a ogni indizio».

«Va bene, va bene.» Alzai la mano in segno d'intesa. «In ogni caso, quest'accusa contro Stephanie Forrest mi sembra troppo perfetta per essere vera. Chiunque abbia accesso alla sua camera da letto avrebbe potuto trafugare l'orecchino e lasciarlo sul luogo del delitto. Lei stesso, sceriffo, si sarà accorto, entrando nella stanza della signora, della presenza di una cassetta contenente i gioielli, chiusa con un piccolo lucchetto, con la chiave inserita nella serratura. Aprirla sarebbe un gioco da ragazzi.»

«Uhm... detective» disse con un sorriso lo sceriffo «non si fa sfuggire occasione per tentare di annientare le mie certezze, eh? Questa volta però difenderò le mie deduzioni da qualsiasi tentativo di soffocarle con astrusi ragionamenti. Avevo già dei sospetti, ma adesso con questo tra le mani» aprì il palmo, mostrando l'orecchino «sento di avere delle certezze.»

Anche se non lo ammetteva, era chiaro che Wilson fosse d'accordo con me, ma la sua linea di condotta doveva essere conforme al ruolo istituzionale.

«Mi dispiace, Lester» commentò il giudice «ma capisci bene che questo ritrovamento inaspettato cambia le carte in tavola.»

«Non mi trovi d'accordo su questo punto, Wilson, ma ne comprendo le ragioni e mi atterrò alle tue direttive.»

«Faccia qualcosa, per amor di Dio, detective Richards!» mi pregò la Martin, in lacrime, afferrandomi la giacca. «Lei conosce Stephanie sin da bambina, le vuole bene. Non la trasformi in un mostro.»

«Farò tutto ciò che è in mio potere per giungere alla verità, signorina» le dissi porgendole un fazzoletto «e se Stephanie è innocente, sarà provato. Lo prometto.»

«Signorina Martin, lasci andare la giacca del detective Richards» le disse rudemente lo sceriffo «e attendiamo il ritorno del professore e soprattutto della signora. Dobbiamo discutere urgentemente con lei su quest'ultimo ritrovamento. Nel frattempo credo che prenderò il caffè, prima che si freddi.»

La Martin mi lanciò ancora uno sguardo disperato, ma si ricompose subito. «Molto bene, signori. Aspetteremo il loro ritorno. Nell'attesa, se avrete bisogno di me, mi troverete in casa. Chiedete pure a Sam.»

Appena la donna se ne fu andata, Harris chiamò l'agente Davis, pregandolo con molta discrezione di non perdere di vista la governante. Subito dopo si avvicinò al tavolo, mise un cucchiaino di zucchero nella tazza di caffè e ne bevve un sorso. Poi si buttò a sedere sulla poltrona di fronte a me.

«Probabilmente, sulla storia dell'orecchino potrebbe anche avere ragione, detective.» Il suo tono era pacato. «Ma cosa mi dice dell'alibi della signora Forrest?»

Rimasi a guardarlo con crescente perplessità.

Lo sceriffo non attese la mia risposta. «Perché dovrei credere a quella donna» continuò sorseggiando il suo caffè «quando dichiara di avere assunto un tranquillante e di aver dormito tutta la notte?»

Wilson inarcò le sopracciglia. «Così ci ha confermato la signorina Jones, da quel che ricordo.»

«D'accordo, d'accordo, ma la ragazza ci ha anche detto che appena qualche minuto dopo ha lasciato la camera. Non credo affatto che quella donna si fosse già addormentata. A me non la dà a bere.»

Scossi la testa. «Ho capito dove vuole arrivare, sceriffo. Immagina che Stephanie Forrest abbia coinvolto la Jones semplicemente per prodursi un alibi.»

«Esatto.»

«E probabilmente è anche del parere che abbia soltanto finto di assumerlo.»

«A questo non avevo pensato.» Si massaggiò il mento con la mano. «Però è verosimile.»

«Il motivo di tutta questa messinscena?» intervenni io.

«La gelosia, cari signori» rispose con enfasi. «Lui la tradisce e lei non ne può più della sua infedeltà.»

«Però non abbiamo prova di questi tradimenti» replicò bonariamente Wilson.

«E poi, perché mai avrebbe dovuto farlo?» domandai ancora. «Poteva chiedere il divorzio.»

«E se lui non avesse voluto concederglielo? Per di più, ad alimentare la collera della signora, c'era la nomina del marito a nuovo direttore dell'istituto fondato dal padre. Non credo che avrebbe potuto tollerare una cosa simile.»

«Certo» ribattei ironico «così gli è corsa dietro nel salone e non sapendo con certezza se ci sarebbe stata un'arma a portata di mano, si è portata dietro barbitale e siringa.»

«E poi, detective» continuò lo sceriffo «dimentica la vestaglia di seta rossa, di splendida fattura mi permetto di dire, che la signora indossava il mattino della scoperta del cadavere e, ritengo, anche la notte in cui ha ucciso il marito. Ricorda le parole della cuoca? "L'angelo della morte avvolto in un mantello rosso porpora"? Adesso vi dico io come sono andate le cose.»

Harris si alzò e, con le mani incrociate dietro la schiena, cominciò a esporre la sua teoria: «Reginald Smith è di pessimo umore perché il suo matrimonio è al capolinea. La moglie sembra essersi stancata di lui e del suo lavoro, lo accusa di non starle sufficientemente vicino e, quel che è peggio, lo considera un libertino. Quella sera litigano. Il loro vivace scambio di battute viene udito, attraverso le pareti, anche dal pastore Morris e da quell'impicciona della consorte. Il signor Smith prende la decisione di starsene un po' da solo e scende in biblioteca a leggere qualcosa. La moglie, turbata dalla discussione, lo segue per cercare di chiarire.

«A quel punto, i due decidono di continuare a discutere fuori dalla casa. Temono che gli ospiti possano svegliarsi e sentirli. La signora Morris e la signorina Jones sono testimoni del litigio e la seconda, guardando fuori dalla finestra, li vede parlare accanto alla piscina». Fece una pausa, sorseggiando il caffè. «Ma torniamo ai nostri due protagonisti. Durante il colloquio, il signor Smith riferisce alla moglie di soffrire di epilessia e che, per tale motivo, non desidera figli. Le confida anche la presenza del barbitale chiuso nell'armadietto dei medicinali, nel bagno. Credo che sia in questo preciso momento che la donna prende la diabolica decisione di togliere di mezzo il marito. In preda a una tremenda agitazione, lo abbandona temporaneamente e torna in camera.

«E qui, ecco entrare in scena la signorina Jones. Come sappiamo, quest'ultima deve recarsi all'appuntamento con lo squattrinato fidanzatino. Ha appena finito di farsi bella, apre la porta ed esce dalla stanza, ma si ritrova davanti proprio Stephanie Forrest, sconvolta. L'improvvisa comparsa della Jones suggerisce un facile alibi alla Forrest. Si lascia confortare dalla ragazza e si fa portare un tranquillante. Ann Jones, da brava ragazza, non se lo fa ripetere. Entra in bagno, apre l'armadietto ed estrae dalla boccetta una compressa, mettendola poi in mano alla Forrest.»

Lo sceriffo mi fissò, come per sfidarmi, prima di continuare. «La donna, astuta, finge di assumerla mentre in realtà la trattiene sotto la lingua. Attende che la ragazza esca e poi mette in pratica il suo piano diabolico. Va in bagno, apre l'armadietto, prende la siringa e la riempie con una generosa dose di barbitale. Dopodiché utilizza la stessa sostanza per inzuppare un fazzoletto.

«A quel punto, attenta a non far rumore, con uno stratagemma attira all'esterno il marito, che nel frattempo se ne stava seduto tranquillo in biblioteca, a leggere. Appena Smith si affaccia sul portone, la donna lo sorprende alle spalle e lo stordisce, premendogli sul naso con forza il fazzoletto impregnato. Il poveretto non ha neanche il tempo per uno strillo e a lei non rimane altro che infierire su un uomo indifeso. Il passo decisivo è l'iniezione mortale sul collo. Subito dopo scarica il corpo in acqua.

«Terminata la missione, rientra in casa, chiude la porta e sale in camera sua. Si corica, assume finalmente il sonnifero e si mette a dormire.»

Io e Wilson rimanemmo attoniti. Per qualche istante lo sceriffo sostenne il mio sguardo nel più assoluto silenzio.

Attendemmo per oltre mezz'ora che Gerald e Stephanie tornassero. Lo sceriffo Harris, con precisione e accuratezza, aveva costruito la sua accusa contro Stephanie, sulla base degli indizi raccolti sino ad allora. Ammisi che la sua ricostruzione dei fatti aveva un filo logico, ma credo che il grande Alessandro Manzoni non avesse torto quando affermava: «Meglio agitarsi nel dubbio che riposare nell'errore».

D'altronde, dall'espressione del suo volto, compresi che non sarebbe stato facile togliergli dalla testa l'idea che si era fatto della donna.

Una volta tornati alla villa, Gerald e Stephanie si recarono nello studio del padre. Poco dopo la governante ci chiamò per introdurci nella stanza.

Trovammo Stephanie in piedi accanto al signor Forrest che era seduto nella poltrona dietro lo scrittoio, intento a leggere degli opuscoli scientifici.

«La signorina Martin mi ha informato che avete dei nuovi elementi da discutere con me. Sono ancora un po' scossa, ma risponderò volentieri alle vostre domande» esordì la donna.

«Non lasciateci sulle spine» disse Gerald. «Aggiornateci.»

«Innanzitutto, vi informiamo che in base ai risultati finali dell'autopsia sul corpo di Reginald» spiegai «possiamo dire con assoluta certezza che egli è stato dapprima narcotizzato e subito dopo ucciso con una massiccia dose di barbitale.»

Stephanie apparve poco impressionata dalla notizia. «È orribile che possano vivere in mezzo a noi uomini capaci di arrivare a tanto. Non credete?»

«A tal proposito» domandò Wilson «non ha dei sospetti su alcuno degli ospiti di quella sera?»

«No, giudice, nella maniera più assoluta.»

«Per quanto può rammentare» continuò perentorio Harris «saprebbe dirci con precisione a che ora suo marito è uscito dalla camera da letto?»

«Non capisco, sceriffo, perché utilizza un simile tono!» si lamentò Gerald. «Inoltre, le ricordo che mia figlia ha già risposto a questa domanda.»

Stephanie si accese una sigaretta e la lasciò pendere all'angolo delle labbra.

«Lascia perdere, papà. Credo che fossero passate da poco le 22.40, sceriffo. Dopo la discussione di cui vi ho già parlato, Reggie è sceso nel salone, a leggere qualcosa. Non ho gradito affatto quell'atteggiamento, così l'ho seguito e gli ho chiesto di chiarire, una volta per tutte, i nostri differenti punti di vista. Entrambi eravamo d'accordo di discutere fuori casa, per evitare che gli altri si svegliassero. Siamo rimasti fuori circa venti minuti; poi, sconvolta per le confessioni di Reggie, sono salita in camera e non l'ho più sentito rientrare. Mi sono addormentata profondamente grazie al sonnifero che mi ha portato Ann.»

«Tutto quello che ci ha appena detto, signora Forrest» osservò pacatamente Wilson «corrisponde alle dichiarazioni che anche altri ospiti ci hanno fornito.»

«Oh, credo che la signora Bennett» Stephanie scosse la testa «abbia bisogno di una buona dose di discrezione.»

A quel punto Harris puntò dritto al nocciolo della questione. «Forse, la signora Forrest saprà spiegarci anche» le lanciò uno sguardo tagliente «cosa ci faceva quest'orecchino nella siepe accanto alla piscina!»

La governante trasalì.

«Dio mio, ma quello mi appartiene! Come poteva essere lì?» La donna osservò per qualche istante l'orecchino, poi rivolse lo sguardo al volto accigliato di Harris e scosse la testa. «No… no… un momento, sceriffo, non vorrà insinuare che sia stata io a uccidere Reginald! Lester, ti prego, tu mi conosci… Perché mai avrei dovuto farlo?»

«Suo marito la tradiva» spiegò Wilson. «Litigavate in continuazione e il vostro matrimonio era alla fine. Lo detestava. È assai probabile che la tradisse. Per di più tutto ciò che suo padre aveva costruito in anni di duro lavoro sarebbe passato nelle sue mani. Un colpo terribile per lei. Devo pregarla di venire con noi negli uffici dello sceriffo, signora. Avrà modo di chiarire tutto quanto.»

Gerald Forrest, rimasto fino ad allora assorto in un totale mutismo, trattenne il respiro e scosse freneticamente la testa. «No, le vostre ipotesi sono assurde!» esclamò stizzito. «Come potete pensare una cosa simile? E poi, dove avrebbe preso Stephanie la sostanza di cui parlate?»

«Papà» rispose la ragazza con un sospiro «Reginald quella stessa sera mi confessò di utilizzare il barbitale da qualche mese perché soffriva di epilessia. Lo teneva nell'armadietto dei medicinali.»

«Siete tutti quanti impazziti?» sbottò Gerald con forte disappunto. «Anche tu, Lester, sei convinto della colpevolezza di mia figlia?»

«No, Gerald, ma le indagini, purtroppo, devono fare il loro corso.»

Stephanie spense la sigaretta schiacciandola dentro il posacenere sul tavolo e trasse un respiro lento e profondo.

«Non potete trattarla come una delinquente!» Gerald era sconvolto e aveva gli occhi lucidi. «Lester, ti prego fai qualcosa!»

«A cosa servono le tue preghiere, papà?» gli domandò rassegnata la donna. «Non capisci che Lester ha le mani legate? Giudice Wilson, ho il tempo di prendere qualche effetto personale?»

«Ha tutto il tempo che riterrà opportuno, signora.»

Harris si abbandonò a un ghigno appagato. Io mi avvicinai alla donna e le presi la mano. «Stephanie, ti prego, non abbatterti. Mi rendo conto che al momento ogni circostanza è contro di te, ma farò in modo che tu non debba presentarti sul banco degli imputati.»

Stephanie mi ringraziò, senza aggiungere altro. Si alzò e uscì dallo studio accompagnata dalla signorina Martin e scortata dagli uomini dello sceriffo.

Quando le porte della stanza si chiusero, Gerald non disse una parola. I suoi occhi scintillavano di rabbia. Si alzò e, dopo un saluto appena accennato, si allontanò.

«Non mi sono mai sentito così ridicolo, amico mio» dissi a Wilson, sistemandomi sulla poltrona.

«Capisco il tuo turbamento, Lester. Anch'io proverei le stesse sensazioni. Devi comunque ammettere che la teoria dello sceriffo è molto interessante.»

«Credi? Apparentemente spiega molti punti oscuri, ma in concreto non spiega nulla.»

«Nulla?»

«Innanzitutto, perché utilizzare una droga custodita nell'armadietto del bagno della propria camera? Si sarebbe subito pensato a lei. Stephanie non avrebbe mai osato sfidare il destino, non è una sciocca. Ma ammettiamo pure che lo abbia fatto… Allora mi domando, perché compiere il delitto in un momento in cui qualcuno poteva essere ancora sveglio e diventare quindi un testimone scomodo? E ancora, perché mai avrebbe dovuto indossare nuovamente gli orecchini?»

Wilson sembrava piuttosto disorientato. «D'accordo, ammetto che i tuoi dubbi sono legittimi. Cosa intendi fare?»

«Semplice. Andare in vacanza.»

Con mio rammarico, dovetti arrendermi agli indizi e alle dichiarazioni che deponevano a sfavore della donna. La decisione di Wilson ne era una logica conseguenza.

Nei giorni seguenti Gerald consultò i migliori avvocati della contea, che si misero subito al lavoro nel tentativo di dimostrare l'infondatezza delle prove raccolte contro la loro assistita.

Wilson, dal canto suo, si incaricò di tenere i rapporti con i giornalisti dei principali quotidiani, cercando di non far trapelare alcun elemento che potesse ricondurre all'incriminazione di Stephanie Forrest, almeno fino a quando gli aspetti ancora oscuri della faccenda non fossero stati chiariti.

Harris e lo stesso Wilson interrogarono più volte Stephanie Forrest, nell'ostinato tentativo di indurla in errore e costringerla a confessare, ma ogni loro tentativo fu vano.

Meredith Bennett e Madge Evans furono obbligate a sottoscrivere una dichiarazione ufficiale: la prima dichiarò cosa aveva udito attraverso le pareti della camera e la seconda cosa aveva visto dalla finestra della propria stanza, la notte della morte di Smith. Anche Ann Jones venne nuovamente interrogata e confermò di aver somministrato il sonnifero a Stephanie Forrest, su sua precisa richiesta, e di essersi incontrata subito dopo con Andrew Forrest.

Da parte mia, non volli assistere agli interrogatori di Stephanie. Compresi che si trattava di un momento assai delicato delle indagini, e più volte mi ero scontrato con lo sceriffo. Avevo intenzione di concedergli piena libertà di azione e non volevo rimanere personalmente coinvolto nella faccenda. Quindi, d'accordo con Wilson, ritenni opportuno farmi da parte, almeno temporaneamente.

Decisi di trascorrere le giornate in quelli che erano stati i luoghi della mia infanzia, a rammentare i tempi passati.

Venuta la sera, mi ritrovavo con Wilson a cena, nel ristorante del mio albergo, a discutere di quanto avvenuto nell'ufficio di Harris. Come immaginavo, nonostante la polizia avesse individuato un movente ed elaborato varie congetture, il caso era ancora avvolto da una nube impenetrabile di mistero.

Tuttavia, mai avrei potuto immaginare che la dimostrazione dell'innocenza di Staphanie si sarebbe basata su un'altra terribile tragedia.

Ricordo che erano passati esattamente sei giorni dall'omicidio di Smith. Come ogni sera, avevo cenato e bevuto del whisky prima di mettermi a letto. Il mio sonno fu parecchio agitato.

All'improvviso, il trillo del telefono mi destò. Il sapore aspro del bourbon che avevo bevuto la sera precedente era svanito, lasciandomi la bocca secca e un leggero mal di testa.

Mi girai verso l'apparecchio, sollevai il ricevitore e lo portai all'orecchio.

«Buongiorno Lester. Sono Wilson. Preparati a trascorrere una bella giornata movimentata. Ti informo che qualcuno ieri sera ha deciso che il dottor Greene dovesse abbandonare questo mondo per tornarsene al Creatore. Attualmente è riverso nel letto del suo appartamento sulla Main Street… morto stecchito. Fatti trovare pronto tra venti minuti. Andremo sul posto. Lo sceriffo Harris è già lì da un'ora.»

16

Quella mattina la Main Street si era svegliata molto presto, in preda a una palpabile frenesia. Volti curiosi e trepidanti si affacciavano dalle finestre degli edifici mentre la folla in strada si stava dividendo per lasciar passare la nostra vettura. L'atmosfera era tesa. La macchina si arrestò nel punto in cui la calca era maggiore. Uscimmo dalla macchina e, dopo aver lanciato un'occhiata all'edificio, Wilson intimò agli uomini di servizio di allontanare la massa di curiosi, ripristinando la circolazione.

Raggiunto l'ingresso dell'edificio, salimmo le scale fino al secondo piano. Entrammo nell'appartamento, dove gli uomini della scientifica stavano effettuando una minuziosa ricognizione degli ambienti.

«Dov'è il corpo?» domandò Wilson.

«Signore, qui… nella camera da letto» gli rispose l'agente Jenkins. «Il dottor Rodríguez ha appena finito di redigere il referto post mortem.»

Wilson aggrottò la fronte. «Accidenti! Come ha fatto a fare tutto così in fretta?»

«Il dottor Rodríguez» spiegò Jenkins «abita nell'appartamento a fianco.»

«Ecco risolto il dilemma» sorrisi.

Ci incamminammo nella direzione indicata. Raggiunta la

stanza, osservammo a lungo il cadavere dell'uomo, riverso supino sul letto. Chiesi un paio di guanti in lattice e, dopo averli indossati, mi avvicinai al bordo del letto. Afferrai delicatamente la testa del cadavere e la sollevai di alcuni centimetri.

«Uhm... non vedo segni di lotta sul corpo» disse Wilson.

«Nemmeno il letto sembra in disordine» gli risposi, mentre con l'occhio mettevo a fuoco un piccolo foro sul collo della vittima, all'altezza della vena giugulare, circondato da un leggero alone rossastro.

La stanza era piena di uomini. Alcuni spazzolavano oggetti alla ricerca di impronte, altri fotografavano la scena del crimine.

Mentre ero ancora intento a osservare il cadavere, Jenkins si avvicinò. «Signor giudice, la vittima si chiamava...»

«Adam Greene, figliolo.» Jenkins non aveva fatto neanche in tempo a chiudere la bocca. «Era una nostra vecchia conoscenza. Segni di effrazione?»

«Uhm... la porta dell'ingresso era socchiusa» rispose l'agente Lopez «senza evidenti segni di scasso, e le finestre erano chiuse. La porta della camera da letto invece era aperta.»

«Come ha fatto l'assassino a introdursi nell'appartamento?» chiese l'agente mentre gli altri, stupiti, si guardavano a vicenda.

«Forse è stata la stessa vittima ad aprire al suo carnefice» affermai.

«Hai scoperto qualcosa, Lester?» domandò Wilson incuriosito.

«Dai un'occhiata qui. Cosa vedi?» Gli mostrai il segno sul collo.

«Che mi venga un colpo!» esclamò. «Quel foro è simile a quello trovato sul collo di Reginald Smith.»

«Temo che l'artista dello spettacolo di casa Forrest abbia concesso una replica qui, ieri sera.»

«Anch'io sono della sua stessa opinione, detective Richards.» Rodríguez comparve alle nostre spalle. «E mi rincresce per il mio povero amico. Indubbiamente il colpevole non conosce molti modi per uccidere. Utilizza sempre la stessa tecnica, semplice e terribilmente efficace.» Rodríguez si avvicinò al corpo. «Vedete quelle piccole petecchie a livello delle narici? Sono pronto a scommettere che in quelle secrezioni troverò tracce di barbitale. Credo che anche Greene sia stato colpito mentre offriva le spalle al suo carnefice, che lo ha stordito con il barbitale e poi lo ha finito con l'iniezione alla giugulare. Sia il povero Adam che il professor Smith non si aspettavano di essere esposti a un attacco mortale di questo tipo.»

«Ergo, conoscevano l'assassino.»

«È quello che ipotizzo.»

«Ha stabilito l'ora del decesso?»

«Poco dopo mezzanotte, probabilmente.»

Ringraziammo il medico che, con una stretta di mano e un sorriso formale, ci lasciò.

«Chi ha trovato il cadavere?»

«La signora Collins. Martha Collins. Questo edificio è di sua proprietà e ha affittato entrambi gli appartamenti di questo piano. Al piano sottostante, oltre al suo, c'è un altro appartamento, che la vittima utilizzava come ambulatorio. L'altro inquilino è il dottor Rodríguez, il medico legale.»

«E dove si trova al momento questa gentile signora?»

«Nel suo appartamento, al piano di sotto. Lo sceriffo le sta facendo compagnia. Le ha detto che presto sareste arrivati voi per farle qualche domanda.»

«Ottimo, agente. Ottimo.» Wilson gli diede una pacca sulla spalla.

Scendemmo al pianterreno. La porta d'ingresso dell'appartamento dava su uno stretto corridoio su cui si aprivano diverse stanze, l'ultima delle quali, piuttosto spaziosa, era adibita a cucina.

La signora Collins era seduta dietro il tavolo, accanto a Harris che, forse spazientito per l'attesa, ci presentò alla donna in modo eccessivamente formale.

La Collins era di bassa statura, fisico asciutto, settant'anni circa. Aveva il viso affilato e lunghi capelli grigi, raccolti sulla nuca con una forcina. Gli occhi erano piccoli e vivaci.

«Signora Collins» esordì Harris «vuole riferire ai signori ciò che sa di questa faccenda, a partire dal momento in cui ha scoperto il cadavere?»

«Be', stamattina, alle 7 in punto, come al solito, sono salita per dare la sveglia al dottore e per riferirgli che la colazione era pronta. Ho bussato alla porta e...» La donna esitò per un attimo.

«Non sia turbata, signora. Continui pure.»

«Stranamente» riprese la Collins «la porta d'ingresso era socchiusa. Non potevo suonare perché il campanello non funziona; per cui mi sono fatta coraggio e sono entrata.»

«Ha detto che la porta era socchiusa.»

«Esattamente.»

«Prosegua, prego.»

«Be', ho spinto la porta e sono entrata. Stavo per andare in cucina quando ho visto qualcosa muoversi nella penombra della camera da letto. All'inizio pensavo si trattasse di Carolyn, la gatta del dottore. Non riuscivo a vedere bene perché, capisce, la luce era assai scarsa. Quando i miei occhi si sono abituati alla penombra, mi sono poi accorta che si trattava proprio del dottore. Stava riverso a pancia in su, con le braccia allargate e penzolanti dal letto. Ho pensato che stesse male e mi sono avvicinata per soccorrerlo.»

Fece una pausa e si asciugò la fronte madida di sudore.

«Accidenti!» esclamò. «Non potete immaginare che spettacolo orribile. Il suo volto era completamente pallido e freddo, gli occhi sgranati in una terribile espressione d'orrore. Non respirava.»

«Ha toccato qualcosa?» le domandai.

«Santo cielo, no!» sbottò la donna. «Mi sono avvicinata e mi sono resa conto che quel poveretto era morto.»

La studiai attentamente. «Qual è la prima cosa che ha fatto?»

«Ho chiamato a gran voce il dottor Rodríguez, che abita in cima alla scala al piano di sopra.»

«E non ha ottenuto risposta?»

«No, nessuna risposta, ed è a quel punto che ho iniziato ad avere maledettamente paura. Sono scappata e sono tornata nel mio appartamento.»

«Ah!» esclamai curvandomi sulla scrivania. «Ha avuto un comportamento ben strano, signora Collins.»

«Cosa vuole dire?»

«Insomma, poteva fare una chiamata anonima alla polizia, o mettersi a gridare affacciandosi alla finestra, oppure semplicemente ignorare il cadavere e aspettare che qualcun altro lo trovasse, lo stesso dottor Rodríguez, per esempio. Ma lasciamo perdere. Quando è rientrata nel suo appartamento, ha cominciato a preoccuparsi, non è vero?»

«Proprio così! Non sapevo cosa fare. Mi sono chiesta perché mi stavo comportando in quel modo. Era pur sempre un figlio di Dio. Io sono una buona cristiana e non mi sembrava giusto lasciare là quel pover'uomo. All'inizio temevo di rimanere immischiata. Così mi sono affrettata a chiamarvi.»

Allungai le gambe sotto il tavolo e contemplai pigramente la vecchia.

«A proposito, signora. Che fine ha fatto la gatta del defunto dottor Greene?» domandai con curiosità. «Ha detto che non era nell'appartamento questa mattina. L'ha ritrovata?»

«Oh, ma certo! Quella piccola birbante. Stamattina, dopo aver telefonato alla polizia, ho sentito grattare con insistenza sulla porta del mio appartamento. Ho aperto e me la sono ritrovata tra i piedi. Probabilmente ha approfittato della porta socchiusa per sgranchirsi le gambe. Poverina, era affamata. L'ho presa in braccio e l'ho accarezzata, poi le ho dato un po' di latte. In questo momento è in giardino. Desiderate vederla?» ci chiese mentre stava per alzarsi dalla sedia. «È uno splendido esemplare di American Curl a pelo lungo.»

«Non adesso, signora, grazie.» Le misi una mano sul braccio per invitarla a rimanere seduta. «Torniamo per un attimo indietro, in particolare a ieri sera. Potrebbe riferirci gli ultimi movimenti del dottor Greene?»

«Preparo io stessa da mangiare a tutti i miei affittuari, sebbene gli appartamenti siano forniti anche della cucina. Consumiamo i pasti nella sala da pranzo del mio appartamento. Il dottor Greene è rientrato alle 21.30. Alle 22, poco prima di cena, ha ricevuto una telefonata. Quel pover'uomo ha mangiato in fretta e furia perché subito dopo, così mi ha detto, aveva da fare l'ultima visita. Poi sarebbe andato a letto.»

«Uhm... ancora visite nonostante l'ora tarda» mormorò perplesso Wilson. «Non lo trova strano, signora Collins?»

«L'ambulatorio del dottore era invaso a tutte le ore da pazienti d'ogni genere. Cosa vuole farci? Il dottor Greene non apparteneva a quella tipologia di professionisti che lavorano con gli occhi fissi sulle lancette dell'orologio.»

«Quindi non sa dirci con esattezza quando è salito in camera per mettersi a dormire?»

«Be', se intendete il preciso momento in cui ha appoggiato la schiena sul letto, no, signori. Posso dirvi invece che finì di cenare alle 22.15 in punto.»

«E lei, a quel punto, cos'ha fatto?»

«Gli ho augurato la buonanotte, ho sparecchiato, lavato i piatti e me ne sono andata in camera mia. Ho il sonno leggero e alcuni minuti prima della mezzanotte mi sono svegliata. In quel preciso momento ho sentito un rumore di passi e una voce nella tromba delle scale. Era il dottore, che stava salendo di sopra in compagnia di qualcuno.»

«Abbia pazienza, signora, mi faccia capire.» Wilson agitò la mano per interromperla. «Se l'ambulatorio di Greene si trova al pianterreno, perché mai si sarebbe dovuto trovare sulle scale assieme a questo sconosciuto?»

«Non so cosa dirle, signore.»

«Non ho compreso bene, signora» mi intromisi. «Come fa a essersi svegliata prima di mezzanotte e soprattutto, considerando che la sua camera è lontana dalle scale, essere certa di aver udito dei passi e la voce del dottore?»

«Per quanto riguarda l'ora, ne sono certa perché ho acceso la lampada del comodino e le lancette dell'orologio segnavano esattamente le 23.45. Poi queste vecchie case hanno pareti robuste ma soffitti molto sottili... Si sente ogni movimento.»

«Signora Collins, ha idea di chi possa essere stato il misterioso visitatore notturno del dottore?»

La donna scosse la testa in segno di diniego. «Non saprei. Però ho avuto l'impressione che il dottore lo conoscesse bene perché, giunti al piano di sopra, l'ho sentito mormorare: "Non vedevo l'ora di parlarle... entri pure". Subito dopo, ho udito il rumore della porta dell'appartamento che si chiudeva.»

«Ha sentito altro?»

«No. Il silenzio è piombato all'improvviso. Solo dopo alcuni minuti, ho sentito qualcuno che scendeva le scale.»

Udimmo bussare. La porta si aprì e Jenkins entrò nella stanza per consegnare dei reperti allo sceriffo.

«I ragazzi hanno trovato queste nel cassetto del comodino» disse porgendo due lettere e una foto a Wilson. «Uno degli scritti ha un tono minaccioso.»

«Davvero?» chiesi incuriosito. «Mi faccia leggere. "Avevamo un patto e ritengo che non lo abbia rispettato. Trasformerò la sua vita in un inferno. Soffrirà più di quanto abbia sofferto in passato."»

«Oh, ecco qualcosa di interessante» asserì Harris. «Qualcuno che ce l'aveva con il buon dottore.»

Mi rivolsi all'anziana: «Ne sa qualcosa, signora Collins?».

«Uhm... circa una settimana fa ha ricevuto una lettera che lo ha turbato profondamente. Non saprei dirvi quale fosse il contenuto perché il dottore era un tipo molto riservato e non ne ha fatto parola con nessuno.»

«In ogni caso, rappresenta un punto di partenza» commentò Wilson prendendo in mano l'altra lettera, cui diede una rapida occhiata prima di leggerla ad alta voce. «"È bastato incontrarla una sola volta perché un raggio di sole penetrasse nel mio cuore, allontanandone ogni nota di tristezza e solitudine. Oh, mio discreto cavaliere, mi conduca alla sorgente del suo amore così che possa saziare questa mia incontenibile sete di desiderio e passione. Sua per sempre, Stephanie."»

Dopo aver udito il contenuto della missiva mi alzai, perplesso, dalla sedia e mi avvicinai alla finestra completamente assorto nei miei pensieri.

Harris non si lasciò sfuggire un'occasione così favorevole. «Oh, ecco un altro importante tassello del nostro rompicapo.»

«Cosa intende dire, sceriffo?»

«Ricordo molto bene l'espressione del viso del dottor Greene quando gli domandammo della signora Forrest. Gli brillavano gli occhi, come a un adolescente al primo innamoramento.»

«È probabile che le cose stiano come dice lei, sceriffo, ma sono convinto che ci sia qualcosa di strano in tutta questa storia. È ovvio che, in ogni caso, non possiamo escludere a priori il rapporto tra Greene e Stephanie Forrest.»

«Una cosa, però, credo di poterla affermare, sceriffo Harris» commentò Wilson. «Stephanie Forrest non poteva trovarsi nel suo ufficio e nel contempo uccidere il dottor Greene. Bisogna anche tenere conto che le circostanze della morte di quest'ultimo sono analoghe a quelle della morte di Reginald Smith. Non crede che la morte del dottore scagioni la figlia del professore?»

«Se posso dirlo con franchezza» aggiunsi «non credo affatto che la signora Forrest sia implicata nel delitto del marito, ma siete già a conoscenza di questa mia opinione. Tuttavia, devo anche ammettere che, se seguissi la logica stringente dello sceriffo, penserei alla possibilità che il dottor Greene sia stato ucciso da un'altra persona.»

Harris deformò le labbra in una smorfia di sarcasmo. «Se volete che anch'io sia franco con entrambi, non credo che la moglie di Smith sia un'innocente. In ogni caso, giudice Wilson, è sua facoltà decidere se permettere o meno alla signora Forrest di fare ritorno a casa.»

«Sceriffo Harris, non ne faccia un dramma» gli sorrise Wilson. «Ritengo che al momento la signora Forrest possa riabbracciare suo padre. Piuttosto mi dica, cosa ritrae quella foto?»

Harris avvicinò l'immagine per osservarne meglio i particolari. «Questo mi pare il dottor Greene da giovane. Gli altri non li conosco.»

«Mi faccia dare un'occhiata» dissi allungando la mano.

La studiai con malcelato interesse. «Signora Collins, forse può aiutarci a capire chi sono le persone qui ritratte insieme al dottore.»

L'anziana annuì. Prese la foto, inforcò gli occhiali da vista e abbassò lo sguardo, fissandola molto attentamente. «Oh, la vecchia foto di Greene» commentò «quando era volontario nella Croce rossa svedese. A quell'epoca prestava servizio presso il reparto di ginecologia. Tutti questi bravi figlioli sono i suoi colleghi dell'ospedale.»

«Molto interessante. Molto interessante.»

«Oh, che strano effetto vederlo così bello, sorridente e felice.»

«Perché, non era felice ultimamente?» le chiesi con curiosità.

«Da qualche tempo lo vedevo triste. Certe sere mangiava nel più assoluto silenzio e, appena finito, si rintanava nella sua camera. Un giorno gli ho chiesto cosa lo affliggesse tanto e sapete cosa mi ha risposto? Che i fantasmi del passato si erano materializzati e non l'avrebbero lasciato vivere in pace. Lì per lì ho pensato che fosse stanco e dovesse solo riposare un po'.»

«Questi fantasmi avevano, per caso, un nome e un cognome?»

L'anziana donna sforzò la memoria. «Mi ha detto che ultimamente aveva visto una persona il cui sguardo gli era familiare, ma non riusciva a ricordare a chi appartenesse. E mi ha parlato anche di una croce… Non saprei dirvi altro. Chissà, forse si trattava della stessa persona responsabile di quelle minacce.»

«Si è fatta un'idea di cosa potesse essere successo a Greene?»

«No, nessuna» disse senza esitazione. «Mi spiace proprio. Non so come aiutarvi.»

17

Il giorno dopo un taxi mi accompagnò alle 8 in punto a casa dei Forrest, dove ero stato invitato per la prima colazione, mentre lo sceriffo e Wilson mi avrebbero raggiunto più tardi.

Nell'atrio, la signorina Martin mi informò che Gerald era andato all'istituto di buon mattino e che sarebbe tornato per cena.

Nella sala da pranzo trovai, seduta a tavola, Stephanie. Sam mi servì nel più assoluto silenzio. Mangiai le mie uova strapazzate e presi il caffè. Appena ebbi finito, mi alzai dalla poltrona dirigendomi alla finestra. Qualche timido raggio di sole cercava di farsi strada attraverso la nebbia del mattino.

La donna mi raggiunse. Si accese una sigaretta e tirò qualche boccata. «Sin da bambina ho immaginato che la nebbia servisse a nascondere i nostri pensieri, celandoli alla comprensione degli altri.»

La fissai negli occhi e le sorrisi. «È sorprendente quanto la nostra mente possa farsi convinzioni tanto errate, da bambini. In ogni caso, adesso sei come un libro aperto. Non è difficile accorgersi dell'inquietudine che ti tormenta.»

«Volevo ringraziarti per esserti interessato a me» continuò la donna. «È stato un incubo. Prima la morte di Reginald, poi l'accusa infamante di essere stata il suo boia.»

«Purtroppo non è ancora finita, mia cara» ammisi con franchezza. «Credo che lo sceriffo non ti toglierà facilmente il fiato di dosso. Ma lasciamo perdere la questione per il momento. Sapevi dell'esistenza di un'altra donna nella vita di Reginald?»

«Be', sapevo qualcosa. Ero a conoscenza soltanto di una lettera, che un giorno mi vidi consegnare segretamente dalla signorina Martin.»

«Ma guarda un po'. E la governante, come ne era venuta in possesso?»

«Semplice. L'aveva trafugata dalla corrispondenza di Reggie. Mi disse che lo aveva fatto per me, affinché aprissi gli occhi e mi rendessi conto della falsità della persona che mi stava accanto.»

«E Reginald non si accorse di nulla?»

«Assolutamente. A ogni modo, lessi la lettera. Il tenore delle parole non lasciava spazio ad alcun dubbio.»

«Nessuna nota di gelosia nelle tue parole.»

«Cosa vuoi che ti dica, Lester? Il fuoco della passione si era già estinto da qualche tempo e con esso la gioia di vivere assieme. Gli urtavo i nervi e credo che lui urtasse i miei.»

«Credi che il vostro rapporto sarebbe stato diverso con la nascita di un figlio?»

«Un figlio, dici? In realtà, è una questione che avevamo ormai accantonato. Reginald non desiderava averne. Diceva che la sua attività non gli avrebbe permesso di stare accanto a me e al bambino, e che un figlio senza l'appoggio del padre sarebbe diventato un disadattato.»

«Un disadattato. Credi che la pensasse veramente così?»

«Non saprei dirti. In realtà credo che temesse di mettere al mondo un bambino affetto dalla sua stessa infermità.»

«Capisco. L'epilessia.»

La donna scosse la testa. «Comunque sia, credo che ormai non abbia più importanza.»

Fece una pausa. Una lacrima cominciò a scivolarle sulla guancia.

«Perdonami. Non volevo.» Le presi dolcemente la mano. La ricondussi alla sedia e le porsi un fazzoletto.

«Come ha cominciato Reginald a interessarsi di genetica? Inizialmente era un settore assai lontano dai suoi interessi. Prediligeva la biologia evolutiva, se non erro.»

«Il padre di Reginald, Arkell Smith, finanziò il progetto di papà, che era interessato alle ricerche sull'ereditarietà dei caratteri. Arkell lo convinse a prendere Reginald come suo assistente. All'inizio papà non volle accettare quell'imposizione, ma poiché i finanziamenti non gli arrivavano da nessun'altra parte, acconsentì.

«Con il tempo, devo ammettere, Reginald seppe conquistarsi la stima di mio padre, complice anche l'affetto che stava nascendo tra noi due. Capisci, la mia famiglia aveva bisogno di certezze… dopo la guerra tutti ne avevamo bisogno.

«Alcuni anni dopo papà nominò Reginald vicedirettore. Era questione di tempo. Prima o poi Reggie avrebbe preso in mano le redini dell'istituto e, se vuoi proprio saperlo, credo che si meritasse quel posto perché era un ragazzo geniale. A quell'epoca lo adoravo e per lui avrei fatto l'impossibile, se solo me l'avesse chiesto. Purtroppo, negli ultimi tempi il suo carattere era diventato indecifrabile e le decisioni che prendeva mi lasciavano sempre perplessa. Per esempio, non avrei mai creduto di trovare Nathan quella sera a cena.»

La fissai sorpreso. «Per quale motivo?»

«Perché i loro rapporti non erano più quelli di un tempo. Ricordo che un giorno mi recai nello studio di Reggie, in istituto. Avevamo litigato, non certo una novità, e intendevo invitarlo a pranzo per discutere di noi due. Ebbene, appena fuori dalla porta incontrai Nathan. Fu carino con me, come sempre. Mi disse che aveva fatto due chiacchiere con Reginald, e che presto ci saremmo rivisti. Mi salutò e uscì.»

«E Reginald?»

«Oh, lui lo trovai visibilmente contrariato.»

«Piuttosto strano» commentai. «Ti spiegò il motivo?»

«No, non me lo disse, e quando feci qualche domanda, mi liquidò dicendomi che non era nulla di importante. Ma ero assolutamente certa che tra i due fosse successo qualcosa.»

«Capisco. Adesso, se non ti dispiace, torniamo alle amanti di Reginald. Hai idea di chi possa avergli scritto quella lettera?»

Stephanie sospirò. «No.»

«L'hai conservata?»

«Certo. La custodisco nella cassaforte della mia stanza.»

«Una cassaforte? E dov'è nascosta?»

«Dietro il quadro di George Catlin, in camera da letto. Gli uomini dello sceriffo hanno guardato ovunque, tranne là dietro.»

Scossi la testa, incredulo. «Posso darle un'occhiata?»

«Certo, Lester. Anche adesso, se vuoi.»

Mi condusse al secondo piano, nella sua camera. Spostò il quadro, aprì la piccola cassaforte e si affrettò a porgermi la lettera che si trovava in mezzo a numerosi fascicoli, chiudendo immediatamente l'anta. Colsi in quel suo gesto una nota di imbarazzo.

Studiai attentamente il manoscritto, accorgendomi subito di alcuni particolari che mi meravigliarono non poco. Chiesi di poterlo trattenere e lo misi in tasca, pregandola di non farne parola con nessuno.

Il materiale per le mie congetture mentali non era mai abbastanza, dunque continuai l'interessante conversazione con Stephanie.

«Mia cara» le dissi poggiandole una mano sulla spalla «lo so che sarà imbarazzante, ma devo farti ancora una domanda.»

Stephanie si voltò, incontrando il mio sguardo. «Credi che, nella situazione in cui mi trovo, ci siano domande alle quali posso permettermi di non rispondere, anche se imbarazzanti?»

«Credo proprio di no» ammisi con sincerità. «C'era del tenero tra te e il dottor Greene?»

La domanda, appena sussurrata, la fece sobbalzare. «Se anche fosse?» arrossì. «Quale donna non ne sarebbe stata attratta? Fu lui a invitarmi in città a prendere un tè, un pomeriggio in cui Reggie si trovava a Lexington per una riunione di lavoro. Era un uomo piacevole e affascinante, mi faceva sentire a mio agio con il suo eloquio calmo ma sicuro.

«La prima volta che lo vidi fui turbata da una strana sensazione. Era come se la sua forza interiore mi avesse pervasa, travolgendomi in un tumulto di emozioni che non potevo, o forse non volevo, arrestare. Era una sensazione intensa ed eccitante. Nessun altro uomo, nemmeno Reginald, aveva mai avuto un tale effetto su di me prima di allora.»

«Capisco il tuo stato d'animo. Vi siete scambiati qualche lettera?»

Stephanie aggrottò la fronte. «Be', a essere sincera io non gli ho mai scritto. Lui me ne ha inviata una, circa una settimana fa.»

«Non gli hai mai scritto? Molto interessante. Ricordi chi te l'ha recapitata?»

«Me l'ha consegnata Sam... L'aveva trovata nella cassetta della posta.»

«Ricordi quando, con precisione?»

«Dieci giorni fa, credo.»

«La conservi in cassaforte, non è vero?»

«Come fai a saperlo?» domandò incredula.

«Ti ho già detto che sei un libro aperto e in più ti ha tradito il rossore delle tue gote.»

Stephanie non disse nulla. Aprì di nuovo l'anta della cassaforte, tirò fuori la lettera e me la consegnò. Per la seconda volta in pochi minuti rimasi perplesso.

In quel preciso momento sentimmo suonare il campanello. Scendemmo giù per le scale e nell'atrio trovammo Wilson e lo sceriffo. Ci accomodammo nel salotto.

«La trovo sempre a suo agio in questa casa, detective Richards» ironizzò Harris.

«Be', questa casa è come un libro, sceriffo. Bisogna saperne leggere il contenuto per comprenderlo.»

Harris mi fissò perplesso e Wilson lo tolse dall'imbarazzo. «Non c'è nulla, nelle parole del detective Richards, che la debba confondere, sceriffo. In altri termini, ci sta dicendo che ha una traccia da seguire.»

Il viso dello sceriffo si contrasse in una smorfia, sollecitato dalla piacevole novità.

«Grazie, Wilson» dissi. «Almeno c'è qualcuno che afferra al volo il senso delle mie parole. Adesso vi prego, mettiamoci in macchina. Dobbiamo vedere il signor Edwards. Vi dirò io dove andare e vi spiegherò tutto strada facendo.»

18

Nathan Edwards possedeva una splendida villa, circondata da ettari di terreno, a Harrodsburg.

«Si tratta bene questo signore» constatò Harris, non senza una punta di invidia.

«Be', credo che con la sua attività e i suoi guadagni, Edwards non si faccia mancare nulla. Ha la possibilità di prendersi tutto il meglio che la vita può offrire.»

Lo sceriffo suonò il campanello con decisione, più di una volta. Dopo qualche minuto venne ad aprirci la cameriera. «Desiderate?» ci chiese.

«Sono il giudice Wilson e questi sono lo sceriffo Harris e il detective Richards. Il signor Edwards è in casa?»

«Sta lavorando nel suo studio. Avete un appuntamento?»

«No» precisai «ditegli semplicemente che siamo in possesso di nuovi importanti particolari circa la morte di Reginald Smith.»

L'espressione della cameriera si fece preoccupata. Ci invitò a entrare e si diresse verso una delle porte che si affacciavano sul vestibolo. Bussò ed entrò. «Sono spiacente di importunarla, signor Edwards, ma c'è la polizia. Desiderano parlarle.»

«Falli accomodare, Mary, grazie.»

Entrammo nello studio. Nathan Edwards se ne stava in piedi accanto alla finestra. Con un gesto della mano, ci mostrò il divano di fronte al camino. «Non volete sedervi? Di qualunque cosa dobbiate discutere con me, credo che sia meglio farlo comodi.»

Harris fu il primo a sprofondare nei soffici cuscini del sofà, allungando le gambe verso il fuoco acceso.

Con passo lento, Edwards girò attorno allo scrittoio e si accomodò sulla poltrona. Sembrava piuttosto ansioso di sentirci parlare. Si rivolse a Wilson: «Allora, signor giudice, quali avvenimenti ha reputato così importanti tanto da venire a riferirmeli a casa?».

«Novità sul caso Smith, signore.»

«Credetemi, quella disgrazia mi ha terribilmente sconvolto. Stento ancora a crederci. Ero molto legato a Reginald. Gradite del bourbon?»

«No, grazie. Piuttosto, mi dica, signor Edwards, era talmente affezionato a Reginald da aver litigato con lui appena qualche giorno prima della sua morte?»

Ero curioso di vedere come avrebbe reagito alla domanda.

Dall'inquietudine che si manifestò sul suo volto compresi che, alla fine di quel pomeriggio, avrei avuto le idee un po' più chiare su quell'uomo.

«Come l'avete saputo?»

«Crede che abbia importanza sapere il chi e il come?»

Edwards fece un sospiro, poi esclamò: «Ma certo, la signora Forrest. Credevo che Stephanie amasse la discrezione».

«Quali sono state esattamente le motivazioni del litigio?» domandò Harris.

L'uomo si strinse nelle spalle. «È difficile dirlo. Un tempo reputavo Reginald un vero amico. Poi le cose sono cambiate… Non credo che sia stata una grave perdita per il mondo scientifico.»

«Non lo riteneva un bravo scienziato, dunque?»

L'uomo sorrise. «Aveva un pessimo carattere. Signori, io sono ebreo e credo che la mia gente abbia pagato un prezzo abbastanza alto per soddisfare le pretese pseudoscientifiche di uomini che la pensavano come Reginald. Non ne condividevo le teorie scientifiche, ecco tutto.»

«Ma ciò non le ha impedito di averlo come socio in affari.»

L'uomo puntò il dito contro di noi. «Non eravamo soci in affari.»

«Davvero? E allora cosa vi legava al punto da frequentarvi assiduamente?»

«Andrew Forrest, con la sua mania per le corse dei cavalli.»

«Potrebbe spiegarsi meglio? E quale sarebbe il suo ruolo in questa vicenda?»

«Quel ragazzo non ha mai azzeccato un cavallo vincente. Due anni fa, rimasto a secco di liquidi, mi pregò di prestargli una grossa somma di denaro, per puntarla sulle corse. Me l'avrebbe restituita con gli interessi, mi disse. Ma, come potete immaginare, non andò così. Appena Smith venne a sapere del debito del cognato, si propose di estinguerlo. Si mise in contatto con me e stabilimmo di incontrarci a casa mia.» L'uomo fece una breve pausa. «In quella circostanza non mi diede nemmeno un dollaro, ma mi disse che se non avessi dimenticato il debito di Andrew, avrebbe fornito ai giornali alcuni documenti che mi avrebbero di certo arrecato enorme danno.»

«Ci sta dicendo che Reginald ricorse al ricatto?»

«Lei, signor Richards, credeva di conoscere molto bene Smith, ma in realtà non sa che genere di uomo fosse. Grazie ai suoi legami con i servizi governativi, era entrato in possesso di un dossier che poteva usare contro di me.»

«Un dossier? Possiamo conoscerne i contenuti?»

«Devo necessariamente rispondere a questa domanda? Si tratta di questioni delicate che appartengono al passato.»

«Considerando che l'ultima persona con la quale Smith si è intrattenuto è lei, ritengo suo preciso interesse riferirci ogni cosa.»

Pur con riluttanza, Edwards continuò: «Durante gli anni della caccia alle streghe del senatore McCarthy, fui tacciato di essere vicino ad alcuni ambienti filocomunisti. Allora il mondo dello spettacolo pullulava di simpatizzanti di sinistra. Quando l'Fbi si trovò a investigare su Adolphe Menjou, Elmer Bernstein e Walt Disney, in quanto loro personale amico fui anch'io oggetto d'indagine e fui costretto a interrompere le mie attività teatrali, almeno fino a quando non fu provata la mia assoluta estraneità ad attività sovversive e antipatriottiche».

«E cosa aveva da temere da quella documentazione? All'epoca ne uscì pulito...»

«Credete che i giornali avrebbero lasciato perdere la faccenda? Vi dico di no. Si sarebbero scagliati su di me come avvoltoi, pubblicando ogni genere d'informazione sul mio conto e accrescendo il pregiudizio nell'opinione pubblica. No, non voglio nemmeno immaginare il grave colpo per la mia immagine.»

«E quindi cancellò il debito.»

«Non andò proprio così.»

«Vuole spiegarsi meglio?»

«Be', all'inizio pensai di fare in quel modo. Poi, un giorno, inaspettatamente, mi accorsi dell'interesse di Smith per la mia giovane domestica.»

Cercai di non lasciar trasparire la sorpresa che quella risposta mi suscitò.

«Intende dire Ann Jones?»

Edwards rispose senza esitazione. «Proprio così. Quella splendida ragazza, cui auguro tutte le fortune di questo mondo, era diventata l'amante di Smith. La sorte mi aveva messo tra le mani delle buone carte da giocare e così non persi tempo. Per un uomo come Smith, abituato a recitare con ipocrisia la parte dello scienziato irreprensibile e del marito perfetto, la rivelazione della sua infedeltà coniugale avrebbe significato la rovina. La cosa mi piacque e così feci quello che lui aveva fatto a me.»

«Lo ricattò.»

«Esatto. Ma il ricatto non era finalizzato al recupero del credito, quanto piuttosto a ottenere tutta la documentazione segreta sul mio conto. Nel frattempo Ann aveva conosciuto Andrew e se ne era innamorata. Un giorno ho ricevuto un invito a cena da parte di Smith, nella residenza del suocero. Mi riferisco proprio a quella maledetta sera, signor Richards. Rammenterà che, a causa del temporale, Gerald Forrest ci ha invitato a rimanere nella villa.»

«Ricordo. Prosegua pure.»

«Ebbene, Smith ha mandato il maggiordomo a bussare alla mia porta per invitarmi a scendere in salone e fare quattro chiacchiere con lui. Quando ci siamo incontrati da soli, Smith non l'ha tirata per le lunghe e mi ha consegnato tutti gli incartamenti che mi riguardavano. Non immaginavo una simile soluzione, ma in fondo abbiamo ottenuto ciò che volevamo: io la possibilità di lasciarmi definitivamente alle spalle il passato, e lui poteva diventare il nuovo direttore dell'istituto di ricerche fondato dal suocero, tenendosi stretta la moglie, nonostante i loro continui contrasti.»

«Signor Edwards, sa se Reginald ha continuato a frequentare la signorina Jones?»

Edwards aggrottò la fronte. «Per la miseria, mi auguro proprio di no! Mi sembra molto felice accanto al giovane Forrest. Perché mai sfidare il destino considerando che già una volta non è stato magnanimo nei suoi confronti?»

«Non la seguo. Cosa vuole dire?»

«Conobbi Ann nel 1950, durante un mio viaggio di affari a Parigi. Faceva la cameriera nell'albergo dove alloggiavo. Mi piacque sin dall'inizio. Mi raccontò che era nata in una fattoria nel Missouri e che in tenera età si era trasferita assieme alla famiglia nella capitale francese, dove il padre era impiegato presso il consolato americano. Purtroppo i suoi genitori morirono durante gli anni dell'occupazione nazista; per cui, rimasta sola, dovette fare affidamento sulle proprie forze per sopravvivere in quel drammatico periodo. Girovagò per il paese senza meta, fermandosi in uno stesso luogo al massimo per qualche mese.

«Dopo la fine del conflitto cercò di tornare in patria, dove aveva una zia, ma le scarse condizioni economiche in cui versava non le permisero di sostenere le spese. Ne ebbi compassione e, dopo averle proposto di lavorare per me, l'aiutai a tornare in America.»

«E da allora le è stata fedele domestica fino a quando non conobbe il giovane Forrest.»

«Esatto. Fino a quel momento.»

Ebbe appena il tempo di pronunciare queste parole che la cornetta del telefono vibrò. Nathan Edwards rispose e, dopo averci fatto intendere con ampi e silenziosi gesti che si trattava di qualcosa d'importante, ci salutò con un rapido cenno.

Fui riaccompagnato in albergo e dopo essermi accomiatato dai miei due compagni, andai a bere un buon bicchiere di vino in un lounge bar. Avevo una strana sensazione: mi sentivo come se avessi dimenticato di considerare un particolare, qualcosa che si era verificato nei giorni precedenti e a cui non avevo ancora attribuito la dovuta importanza.

Al terzo bicchiere di vino, i pensieri che mi frullavano nella testa emersero chiari come il sole del mattino dopo una notte lunga e cupa. Potenza dell'alcol. L'elemento in questione, di cui mi ero quasi dimenticato, era la lettera con la quale Gerald mi aveva invitato a cena a casa sua.

Salii di corsa le scale, entrai in camera e presi la lettera, confrontandola con quella che il dottor Greene aveva spedito a Stephanie e con quella ritrovata a casa del dottore dopo la sua morte. Le misi una accanto all'altra e presi nota dei vari punti in cui le concordanze risultavano sorprendenti.

Completato il raffronto delle tre epistole, non potei fare a meno di sorridere soddisfatto. Le congetture che si agitavano nella mia mente cominciarono a confluire tutte verso la stessa conclusione: lettere diverse, ma scritte dalla stessa mano.

A quel punto le mie palpebre si chiusero. Bacco sarebbe stato soddisfatto di me.

19

Il giorno dopo, di buon mattino, misi subito al corrente Wilson e Harris di ciò che il mio cervello aveva partorito la notte precedente. Mentre facevamo colazione, decidemmo di effettuare immediatamente le indagini necessarie per confermare le mie conclusioni.

Alle 10 di quella mattina raggiungemmo la residenza dei Forrest e suonammo il campanello. La porta si aprì e ci trovammo di fronte una sorridente Stephanie.

«Suo padre è in casa, signora?» chiese Wilson.

«Abbiamo fatto colazione assieme» ci rispose «ma poi è uscito dalla sala da pranzo e non l'ho più visto. Ma vi prego, venite dentro.»

«Grazie, signora.»

«Sam saprà di certo dove si trova. Ci sono nuovi sviluppi?»

«In realtà abbiamo delle novità sulla morte del dottor Greene, Stephanie» le risposi. «Sono emersi elementi che potrebbero influenzare il prosieguo delle indagini. In particolare, ci sono novità che riguardano uno dei membri di questa casa.»

«A chi ti riferisci?» La ragazza era turbata.

«Ne sapremo di più non appena avrò parlato con tuo padre» mi affrettai a risponderle.

«Perché vuoi parlare proprio con papà?» chiese ansiosa.

«Per favore, signora Forrest, non deve preoccuparsi» la interruppe Harris. «Stiamo soltanto cercando di comprendere meglio la situazione.»

In quell'istante fece la sua comparsa il maggiordomo. Avevo le idee molto chiare su cosa dire e fare, e la vista dell'uomo diede il via al mio piano.

«Eh sì, una gran bella giornata! E che bell'aria fresca! Adoro questo paesaggio» dissi inspirando profondamente. «Si potrebbe benissimo lasciare la macchina e muoversi in bicicletta. Credo che per anni sia stato questo l'unico mezzo di locomozione dei postini, non è vero Sam?»

«Oh, ha ragione, signore. Di sicuro lo era per il vecchio Alfred» rispose. «Adesso il nuovo postino viaggia a bordo di un furgone. Be', anche i tempi sono diversi.»

«Grazie, Sam. Dà sempre delle risposte meravigliose.»

«Per così poco?»

«Sai dove si trova papà?» gli chiese Stephanie.

«È nello studio assieme alla signorina Martin.»

«Ottimo» replicò la donna. «Seguitemi pure, signori, faccio strada.»

La donna bussò delicatamente alla porta e, dopo qualche secondo, entrammo. Gerald era in piedi dietro la poltrona, sulla quale era seduta la governante, intenta a scrivere una lettera sotto dettatura.

L'uomo ci scrutò con un'espressione di evidente fastidio.

«Che cosa posso fare per voi? Sono piuttosto occupato e ho poco tempo da perdere.»

«Papà, non essere scortese. Se Lester desidera vederti è perché ha qualcosa da riferirti.»

«Lascia stare, Stephanie» intervenni. «Rispetto il lavoro di tuo padre e ci vorranno pochi minuti. Siamo venuti a trovarti in seguito all'emergere di alcuni elementi durante le indagini.»

«Quali elementi?»

«Lettere.»

«La cosa dovrebbe interessarmi?»

La governante si alzò bruscamente e andò verso la porta. «Immagino che desideriate rimanere da soli, signori.» Si rivolse poi a Gerald: «Se non le dispiace, professore, ho parecchie incombenze da sbrigare».

«Posso sciogliere ogni mio dubbio soltanto in sua presenza, signorina» le dissi. «La prego, c'è qualcosa di cui vorrei parlarle.»

«Se proprio devo...» ribatté gentilmente la donna.

Gerald ci osservò con aria curiosa e intervenne all'improvviso: «Quale pensiero ti tormenta, Lester?».

«Desidero che tu dia un'occhiata a queste due lettere, Gerald, e ti sarei infinitamente grato se volessi cortesemente esprimere la tua opinione in proposito.»

«Credi che non abbia di meglio da fare?»

«Ti prego, cerca di essere paziente e accontentami.»

Il vecchio prese le lettere e le guardò distrattamente. Le depose poi con indifferenza sulla scrivania, stringendosi nelle spalle.

«Uhm... due svenevoli lettere d'amore. A parte questo, mi sembra che esistano parecchie corrispondenze grafologiche» mormorò. «Cosa c'entra tutto questo con la morte di Greene?»

«Amico mio, ogni cosa a suo tempo. Adesso confrontale con quest'altra.»

Gerald fece come gli avevo detto, perplesso. Subito dopo scosse la testa.

«La lettera minatoria che hai appena letto l'abbiamo trovata nell'appartamento del dottore dopo la sua morte. Per quanto riguarda le altre, di argomento futile, una era indirizzata a Reginald, mentre l'altra fu inviata da Greene a Stephanie. Ritengo che siano state scritte dalla stessa persona. So anche che tu sei destro. Invece, signorina Martin, ho notato che lei utilizza la mano sinistra per scrivere.»

«Sì, sono mancina. E con questo?»

«La calligrafia è identica in tutte e tre le lettere, e appartiene a un mancino. Avevo già notato delle analogie impressionanti tra le tre epistole: lettere larghe, parole ben aderenti al rigo, scarsa scioltezza grafica, stesso tipo di inchiostro. Ho subito pensato che fossero state scritte dalla stessa mano, una mano sinistra, appunto.

«Successivamente mi sono ricordato della lettera che mi avete inviato per invitarmi alla cena in onore di Reginald. Stessa mano, stessa grafia. Qualsiasi perito calligrafico giungerebbe alle mie stesse conclusioni.

«E ancora, quando sono arrivato in questa casa, Gerald mi ha detto che il vecchio postino era appena andato in pensione e che erano trascorse due settimane prima che un altro lo sostituisse. Se non avete ricevuto posta in quell'intervallo di tempo, come è arrivata la lettera di Greene? Un piccione viaggiatore? Signorina Martin, può fornirmi una spiegazione?»

Gerald era chiaramente a disagio, mentre Evelyn Martin incrociò il suo sguardo con il mio e fece un sospiro. «La motivazione è semplice, detective Richards. Dovevo proteggere la mia bambina e non avevo altri mezzi per farlo.»

«Proteggermi?» domandò Stephanie. «Dio mio, cosa intendi dire?»

«Sin da quando tua madre è morta ti ho cresciuta come una figlia, cara» le rispose dolcemente. Poi si rivolse a noi: «Signori, potete comprendere come mi sentissi a vederla piangere di continuo dopo i litigi con il marito. Non me ne facevo una ragione, desideravo solo la sua felicità.

«Un giorno, non ricordo nemmeno il motivo, venni in questo studio e mi chiusi dentro a piangere. Non sapevo cosa fare. Distrattamente, cominciai ad aprire i cassetti della scrivania e frugando trovai alcune lettere. Mi misi a leggerle. Niente di interessante, la maggior parte consisteva in scambi epistolari tra Gerald e alcuni suoi colleghi, sui soliti argomenti di genetica. Improvvisamente il mio sguardo cadde su alcune lettere d'amore. Erano le mie. Gerald è sempre stato un sentimentale: aveva conservato tutte le lettere che gli avevo scritto, fin dall'inizio della nostra relazione. Nessuno, a parte noi, ne era a conoscenza.

«Rimisi le lettere al loro posto e tornai in camera. Meditai a lungo, poi mi venne un'idea fulminante. Mi chiesi cosa sarebbe successo se avessi scritto due lettere come quelle per far breccia nel cuore del dottor Greene e di Reginald Smith».

«Non la seguo, signorina. Vuole spiegarsi meglio?»

«Ho pensato che fosse giunto il momento di destare il torpore in cui era caduto il matrimonio tra Stephanie e Reginald.»

«Vuole dire che ha scritto delle lettere false per allontanare definitivamente Stephanie da Reginald?»

La Martin sorrise. «Ovviamente avrei fatto credere al dottor Greene che era stata Stephanie a scrivergli. La lettera che inviai a Stephanie la firmai con il nome di Adam Greene.»

«E allo stesso modo ha inviato una lettera d'amore anche a Reginald. E quale figura femminile gli ha abbinato?»

«La signorina Jones, ovviamente.»

Stephanie lanciò alla donna un furioso sguardo di rimprovero. «Ma ti rendi conto di quello che hai fatto, Evelyn?»

«L'ho fatto per te, mia cara» rispose lei, con un'evidente tenerezza nel tono di voce.

Harris sbottò in un'esclamazione di disappunto: «Ma chi

si crede di essere per manipolare i sentimenti degli altri a suo piacimento?».

La donna sembrò non sentire il rimbrotto dello sceriffo e continuò placidamente nella sua esposizione dei fatti. «Greene e Stephanie si erano già incontrati in questa casa quando lui era venuto, una sera, a visitare Gerald, vittima di un forte stato influenzale. Ho ancora in mente lo sguardo che lanciò alla ragazza in quella circostanza. Anche a Stephanie quell'uomo non dispiaceva affatto; finalmente era arrivato il momento per il quale avevo tanto pregato Dio. Stephanie avrebbe incontrato un uomo e le sue amarezze coniugali sarebbero terminate.»

Wilson era rimasto attonito da quelle stupefacenti rivelazioni. «Ci sta facendo capire che ha trasformato quelle persone in vittime, pur di soddisfare i suoi propositi?»

La donna aggrottò la fronte. «Pensa che abbia semplicemente voluto giocare con Greene e la mia Stephanie, giudice Wilson?» replicò. «È fuori strada. Ammetto che il mio fu il tentativo disperato di rendere felice la mia bambina. Il dottor Greene, d'altronde, era rimasto per troppo tempo chiuso nella sua eterea solitudine. Era convinto che i matrimoni non durassero a lungo. Per questo aveva deciso di non prendere moglie e di dedicarsi completamente agli altri.

«Sapevo bene perché la pensasse così. Dopo che la madre aveva abbandonato il marito, egli sviluppò un istinto che lo portava a escludere le donne dalla sua vita, eccezion fatta per le sue pazienti, ovviamente. Insomma, era giunto il momento di fargli capire quanto potesse essere meraviglioso l'amore. Ho solo approfittato dell'opportunità che il destino mi aveva concesso per aiutare due anime incomprese.»

«E non ti sei preoccupata per nulla dei miei sentimenti?» urlò Stephanie. «Sarebbe stato tutto frutto della tua imposizione, non un incontro dettato dal fato. Credi che mi faccia piacere scoprire di essere stata manovrata come un burattino?»

«Comprendo il tuo stato d'animo, ma era un rischio che dovevo correre, piccola mia. Ero disposta a tutto pur di renderti felice. Fui colta da un improvviso moto di eccitazione all'idea di essere l'artefice del vostro amore. Avrei dovuto agire con più discrezione, forse.»

«Naturalmente» obbiettai «il suo piano avrebbe potuto fallire, specie se Greene non si fosse lasciato coinvolgere in quella situazione, sconveniente per Stephanie e in contrasto con le sue personali convinzioni.»

«Greene si comportò così infatti» ammise la donna con riluttanza. «Era attratto da Stephanie, ma non volle impegnarsi.»

«Forse è per questo motivo che, in un primo momento, lo ha minacciato…»

Harris ghignò e aggiunse: «… e poi è andata a fargli visita, l'altra sera, a casa sua!».

«Non ho ucciso il dottor Greene!» esclamò secca. «Non c'entro nulla con quell'orribile fatto. Io volevo solo che si innamorasse della mia Stephanie.»

«Tutto questo è un incubo!» ribatté la ragazza.

«Credo, mia cara, che Evelyn abbia agito soltanto per il tuo bene.» Gerald tentò di calmarla.

«Tu, papà, la difendi!» Stephanie era in preda a una crisi di nervi. «Ricordati che ho avuto una sola madre e che non sono la sua bambina!» Pronunciate queste parole, abbandonò lo studio in lacrime.

Wilson si rivolse alla Martin: «Ha parlato di Stephanie e del dottor Greene. Cosa ci dice invece di Reginald e della Jones?».

«Oh, quella sdolcinata di ragazza! Così innamorata di Andrew, credo proprio che abbia strappato la lettera che le inviai. Non so invece come reagì Reginald...»

Erano le 11 quando lasciammo casa Forrest. Wilson fece un breve riassunto della situazione. Terminato il resoconto, domandò: «Posso conoscere la sua opinione, sceriffo?».

«Quadra tutto perfettamente» disse Harris mentre si accomodava, allungando le gambe al posto di guida della macchina. «Una donna disperata per la sorte di quella che, affettivamente, ritiene sua figlia, e la vendetta contro l'uomo che avrebbe rovinato il suo piano.»

«La tua, Lester?»

«Questa faccenda, naturalmente, ci mette nelle mani un movente» commentai. «Purtroppo ci mancano le prove per incriminare quella donna.»

Dopo pranzo tornai in albergo, mentre Wilson e Harris proseguirono verso il centro cittadino.

Li aspettava un lungo pomeriggio. Lo sceriffo aveva il suo bel daffare a coordinare i differenti apparati che si occupavano dei due omicidi. Wilson, dal canto suo, s'impegnò a rispondere alle innumerevoli domande dei politicanti e degli uomini d'affari circa la morte di Smith, senza dimenticare di saziare anche il vorace appetito di notizie dei giornalisti.

20

Il funerale del dottor Greene si svolse tre giorni dopo. Fu il pastore Morris, ancora una volta, a tessere le lodi della vittima. Subito dopo la tumulazione, ci recammo a casa del defunto, dove la vecchia padrona di casa aveva allestito un piccolo ricevimento.

L'appartamento era gremito. Notai Meredith Bennett in compagnia del marito, la signora Ward e, poco distante, Stephanie, in lacrime, assieme al padre e alla governante. Andrew e Ann erano in cucina a mangiare tartine.

Vagai con lo sguardo fra i volti presenti nell'appartamento, ma Martha Collins seppe catturare la mia attenzione.

«La legge» mormorò afferrandomi il braccio «come crede che si comporterà? Pensa che appena cattureranno l'assassino del povero dottore sarà sufficiente rinchiuderlo in prigione? Io le dico che deve pagare…»

«E come potrebbe farlo?» le chiesi. «Pagherà qualcuno per fare giustizia?»

«Così dovrebbe essere.»

«Signora Collins, non sa quello che dice. È sconvolta.»

«La giustizia è assai lenta a condannare e a punire» proseguì.

«La violenza genera altra violenza purtroppo, e non mi pare che sia quello di cui necessita questa casa. Come pensa che andrebbero le cose? Ammettiamo che si trovi l'assassino di Greene. Dopo pochi giorni lei si reca dal colpevole e lo uccide. A quel punto il criminale è diventato vittima, mentre lei è diventata il criminale. Dopo qualche tempo ancora, un amico del tizio che ha ucciso decide di vendicarlo e viene a cercarla, e l'ammazza. Lei, da criminale, diventa una vittima. Vittima, criminale, vittima, criminale. È una maledetta ruota che gira senza mai fermarsi. E la sua famiglia cosa farebbe?»

«Oh, per quel che mi riguarda, quando morirò non lascerò occhi che piangono.»

«Senza dimenticare tutte le persone che le vogliono bene» proseguii senza tenere conto della sua risposta. «Il dottore sarà sempre ricordato e celebrato dalla sua famiglia e dagli amici.»

«La sua famiglia? Era figlio unico e i genitori sono già passati a miglior vita. Per quanto riguarda gli amici, non credo che ne avesse, dal momento che si trovava in città soltanto da alcune settimane. Però c'era una donna che veniva a trovarlo spesso.»

«Ah sì? La conosce?»

«Mi pare che si chiami Martin... Evelyn Martin. Non vorrei sbagliarmi, ma credo che lavori al servizio dei Forrest. Come dicevo, questa donna veniva frequentemente a chiedere di lui, lo cercava con insistenza e quando lui la riceveva, non se ne andava più.»

Mentre la Collins continuava a parlare, mi accorsi che la signora Ward si avvicinava a noi. Ero certo che avesse tenuto tutto il tempo le orecchie tese, attenta al nostro colloquio. Finsi di non accorgermi della sua presenza.

Wilson si accese la sigaretta con l'accendisigari. «Come fa a sapere queste cose, signora Collins?»

«Come lo so? Perché in diverse circostanze l'ho fatta entrare io in casa e l'ho accompagnata nell'ambulatorio del dottore.»

«Ha idea del perché quei due si incontrassero?» le chiesi, fissandola negli occhi attraverso le spesse lenti dei suoi occhiali.

«Oh, mi sentirei di escludere che ci fosse del tenero tra di loro, data la differenza di età. Probabilmente era una sua paziente.»

All'improvviso si udì una voce alle nostre spalle. «Posso parlarle un attimo, detective Richards?»

La riconobbi subito. Ci voltammo: la signora Ward se ne stava dritta davanti a noi. Qualcosa nel suo modo di porsi attrasse la mia insaziabile curiosità. La squadrai inarcando le sopracciglia. «Spero che non sia troppo sconvolta dalla tragedia.»

«Certo che lo sono» replicò stizzita «non potrebbe essere diversamente. Vuole venire a prendere un tè di là in salotto?»

«Be', se proprio vuole...»

Lasciai Wilson e lo sceriffo e seguii l'anziana nel salotto. La Collins, alcuni minuti dopo, portò un vassoio con due tazze e una teiera bollente. La Ward mormorò un ringraziamento.

«Un bel tipo il suo amico giudice» commentò mentre versava l'infuso. «È sposato?»

«Se proprio vuole saperlo, è uno scapolone impenitente» risposi divertito. «La sua unica passione è l'amministrazione della giustizia ed è a quella che dedica buona parte del suo tempo. Ma, a parte questo, conduce una vita abbastanza oziosa. Avrebbe bisogno di un diversivo.»

«Oh, di questo vedrò di occuparmene io» disse con un sorriso.

«È stata molto gentile a invitarmi a prendere il tè, signora Ward.»

«A una vecchia come me non capita tutti i giorni di sedersi in compagnia di un uomo affascinante come lei. Certamente avrei preferito un'occasione più allegra.»

«Signora, sa molto bene come ammaliare gli uomini.»

L'anziana aggrottò la fronte. «Però devo farle un rimprovero. L'altra sera non mi ha detto di essere di Lexington dove, a quanto pare, ha la fama di essere un eccellente poliziotto.»

Sorrisi. «Non mi prenda in giro, la prego. Piuttosto mi creda se le dico che, nonostante tutto quello che si racconta, amo l'anonimato e la vita quieta.»

La donna scosse la testa. «Non me la dà a bere. Diceva bene La Rochefoucauld: "Spesso l'umiltà non è altro che la finta sottomissione di cui ci si serve per sottomettere gli altri". Essendo lei un poliziotto, ritengo che le calzi a pennello.»

Non mi piacquero quelle parole. Chissà quale idea si era fatta quella donna di me. Decisi di tagliare corto. «Perché ha voluto incontrarmi a quattrocchi?»

«Be', senza volerlo ho udito la sua discussione con la signora Collins» ammise placidamente «e a tal proposito sento il dovere di riferirle ciò di cui sono stata testimone la sera in cui fu assassinato il povero dottore.»

«Parli pure in tutta libertà.»

«Sono stata tra le prime a conoscere il dottor Greene un mese fa. Il dottor Thompson se ne era andato da qualche settimana per colpa di un tumore allo stomaco. Una grave perdita per la nostra comunità.»

«Chi era il dottor Thompson?»

«Il vecchio medico condotto» rispose. «In quei giorni la gente si chiedeva chi ne avrebbe preso il posto, finché, un bel giorno, arrivò Greene. Le donne lo guardavano piene di ammirazione. Ammetto che era un giovane affascinante e di belle speranze, ma il suo viso era sempre offuscato dalla malinconia. Era come se un'ignota tragedia pendesse sul suo capo, costringendolo a portare, ogni giorno, un intollerabile fardello. Com'è terribile a volte ciò che noi comuni mortali chiamiamo destino! In realtà Greene, come ebbi modo di constatare, aveva la notevole capacità di farsi carico delle sofferenze dei suoi pazienti. Era come perseguitato da tutte quelle quotidiane immagini di dolore, che gli rimanevano impresse nella memoria.»

«Ippocrate sarebbe stato fiero di lui.»

«Ippocrate?» s'interrogò la donna. «Oh, Ippocrate! Il medico greco, certo, certo. Comunque, Greene veniva spesso a trovarmi a casa perché, sa, soffro di una forma cronica di bronchite, che tento di combattere con dei suffumigi a base di erbe che mi preparava lui stesso.

«Durante quegli incontri chiacchieravamo di molte cose. Lui credeva fortemente nell'amore e nella sua forza liberatrice. L'amore dovrebbe essere libero da legami o convenienze, mi diceva. Quelle parole mi parevano una versione ridotta dei sermoni domenicali del pastore Morris.»

«Sa dirmi con chi aveva stretto dei rapporti in particolare?»

«Be', lo frequentavano parecchio Evelyn Martin, la governante di casa Forrest, e la mia amica Meredith, la moglie del pastore.»

«Motivi professionali?»

La donna scosse la testa. «Per quanto riguarda la Martin non saprei. Si sarà accorto certamente che, durante la serata di beneficenza, il nostro dottore ha trascorso parecchio tempo a discutere in sua compagnia.»

«Sì, effettivamente li ho notati assieme.»

«Meredith invece» continuò la donna «negli ultimi tempi è stata poco bene, angustiata da continui attacchi di nausea e vomito. Quella sera, quando lei e il giudice Wilson ci avete lasciato per discutere con il pastore Morris, io e Meredith siamo state raggiunte da Greene. Meredith gli ha confidato i suoi disturbi e lui le ha risposto che forse si trattava di qualcosa di importante e che sarebbe stato necessario sottoporla a una visita presso il suo ambulatorio.»

«E quale sarebbe l'oscura malattia che assilla la signora Morris?»

«Oh, lei non mi ha riferito nulla del loro incontro, e d'altronde il dottor Greene ha sempre tenuto la bocca cucita sull'argomento. Posso solo dirle che soffre di allergia.»

«Allergia a che cosa?»

«Pelo di animali… Se passa troppo tempo in una casa dove ce n'è qualcuno, si ritrova con il raffreddore e gli occhi arrossati per giorni.»

«Capisco. Mi dice quando ha visto Greene l'ultima volta?»

«È venuto a casa mia due giorni prima che fosse assassinato. Ricordo che era molto silenzioso. Quando l'ho invitato a confidarsi mi ha risposto che tra qualche giorno avrebbe lasciato la città, perché non poteva vivere serenamente il presente senza pagare i debiti con il passato.»

«Uhm… ha idea di cosa significassero queste parole così oscure?»

«Non me lo chieda. Sono rimasta allibita.»

«Signora Ward, mi dice invece di cosa è stata testimone l'altra sera?»

L'anziana donna rimase per qualche minuto in silenzio, come se improvvisamente si fosse resa conto dell'importanza e della gravità di ciò che stava per dire, ma il desiderio di rivelare quel segreto fu più forte della sua momentanea perplessità.

«Quella sera» mormorò «rientravo a casa dopo essere stata a una riunione della Business and Professional Women's Organization.»

«L'organizzazione fondata dall'avvocato Madesin Phillips, se non sbaglio.»

«Non sbaglia. Mentre l'autista mi riaccompagnava a casa lungo la Main Street, davanti a casa del dottor Greene ho notato una Cadillac rossa. Giurerei che dentro ci fossero almeno due persone. Saprà di certo che quella macchina appartiene a Evelyn Martin.»

«Come fa a esserne così sicura? La Cadillac non potrebbe appartenere a qualcun altro?»

«Detective Richards, quante Cadillac Eldorado di colore rosso crede che ci siano in tutta la città? Tutti sanno che la Martin l'ha ricevuta in regalo dal professor Forrest. Desidera che le dica il motivo di quel regalo assieme ad altre cose sul loro conto?»

Inarcai il sopracciglio. «No, signora, è sufficiente. Ricorda che ore fossero?»

L'anziana rispose decisa: «Erano le 23.20 esatte. Crede che questa testimonianza possa risultare di qualche utilità alla polizia?».

«È ovvio che bisognerà cercare un riscontro. Ma se ciò che dice dovesse rivelarsi veritiero, ammetto che potrebbe fornire un'inaspettata chiave di lettura alle indagini. Devo informarla che potrebbe essere chiamata in tribunale per confermare, sotto giuramento, questa dichiarazione.»

«Ne sono assolutamente consapevole, detective. Nutrivo un grande affetto per il dottor Greene e se la mia testimonianza può aiutarla nella soluzione di questo caso, mi consideri a sua completa disposizione.»

«Molto bene allora. È inteso che dovrò informare il giudice Wilson di questa nostra conversazione e che inoltre verrà convocata nell'ufficio dello sceriffo per mettere tutto nero su bianco.»

«Mi farò accompagnare quando verrò chiamata» concluse bevendo l'ultimo sorso di tè nella tazza.

Appena lasciammo il salotto, Wilson e Harris mi vennero incontro, e riferii loro le nuove scoperte.

Harris meditava in silenzio, ma potevo immaginare quello che gli passava per la testa. «Lo sapevo che quella Martin non era stata completamente sincera con noi. Ci nasconde qualcosa» disse scuotendo la testa. «Mi era parsa più preoccupata che addolorata.»

«Credo proprio che dovremo fare l'ennesima visita a casa Forrest» concordò Wilson. «La tua opinione a proposito, Lester?»

Li fissai entrambi, ma rimasi insolitamente silenzioso e non mi lasciai andare, nemmeno una volta, a qualche commento. Ascoltai con attenzione ogni cosa che i due dicevano, mostrandomi restio a esprimere la mia opinione, anche quando Wilson me la chiese in modo diretto.

C'erano parecchie incognite e l'equazione non era di facile risoluzione; era certo però che una delle incognite avesse il nome e il volto di Evelyn Martin.

L'interrogatorio alla governante si svolse qualche ora dopo il funerale di Greene. Quando ci recammo a casa di Gerald Forrest, fu subito chiaro che non era per nulla felice di vederci.

Fu Wilson a iniziare: «Può dirci qualcosa, professore, sui movimenti della signorina Martin la sera della morte di Adam Greene?».

Gerald mi fissò con un'espressione di chiaro risentimento.

«Oh, non preoccuparti, amico mio» puntualizzai con un sorriso. «Le vostre vicissitudini affettive non ci interessano.»

«Nondimeno» disse irritato «non comprendo il motivo per

cui io debba rispondere a questa domanda. Comunque, giudice Wilson, dal momento che le ho promesso di mettermi a sua completa disposizione e di fornirle tutto l'aiuto necessario, sono costretto a entrare nei dettagli.» Gerald mi guardò per un momento. «Sì, ho visto Evelyn quella sera. Siamo rimasti in questa stanza a chiacchierare per una buona mezz'ora, dopo cena. Dall'espressione tesa del suo viso, mi accorsi che c'era qualcosa che la preoccupava. Le chiesi il motivo e lei, esitante, mi rispose che c'era qualcosa di importante di cui voleva parlarmi.»

«E cosa la preoccupava?»

«Non saprei, forse me l'avrebbe detto, ma in quel preciso momento ha ricevuto una telefonata dal fratello Greg. Non so di cosa abbiano parlato... Si è scusata e mi ha detto che sarebbe andata in città.»

«Quindi non è riuscito a sapere il motivo del suo turbamento.»

«Infatti...»

«Sa solo che più o meno alle 21 la signorina Martin è uscita di casa da sola.»

«Esattamente.»

«Le ha detto dove doveva incontrarsi con il fratello?»

«Credo al circolo ricreativo dei reduci di guerra. Evelyn l'ho rivista il giorno dopo, a colazione.»

«E la signorina Martin ti ha dato qualche spiegazione in merito a quanto accaduto la sera precedente?» chiesi speranzoso.

«No, e io non le ho chiesto di più.» Il professore sembrava spazientirsi. «Ma insomma, cosa volete? Ah, ora comprendo...» disse amaramente. «Visto che non avete nessuna pista da seguire, avete rivolto le vostre attenzioni dapprima a mia figlia Stephanie e ora a Evelyn. Io questo lo definisco un complotto, giudice Wilson.»

«La notte in cui è stato assassinato il dottor Greene» spiegò meglio Harris «la Cadillac rossa della sua governante è stata vista parcheggiata sotto l'abitazione dello sventurato.»

Il vecchio rimase attonito. «Come? Vorrà scherzare.»

«Purtroppo no» osservò Harris mentre un sorrisetto beffardo gli incurvava gli angoli della bocca.

Tornai alla domanda precedente. «Gerald, sei assolutamente certo che Evelyn Martin, prima di recarsi al circolo dei veterani di guerra per vedere il fratello, non ti abbia parlato della natura di questo suo appuntamento?»

«Non mi credi, Lester?» rispose con un gesto di stizza.

Mentre Gerald stava parlando, la signorina Martin attraversò l'atrio. Ci vide nel salone e venne verso di noi.

L'atmosfera si fece subito tesa. Quando Wilson chiese alla governante cosa avesse fatto quella sera dopo essere uscita dalla residenza, la donna scosse il capo in modo energico. «Non sospetterete di me?»

«A onor del vero» chiarì Wilson «credo che lei, signorina Martin, sia balzata in cima alla lista dei sospettati. Dapprima si è presa gioco dei sentimenti altrui, giungendo persino a minacciare Greene, e ora scopriamo che la sua auto è stata vista sotto l'abitazione del dottore poco prima che lui fosse ucciso.»

«Non ho fatto niente del genere!» sbottò impetuosa.

«Credo che si stia prendendo gioco della polizia» insistette il mio amico.

«E io le dico che non è così!» replicò lei con gli occhi sgranati. «Io… io… vi ho già detto che non c'entro nulla con la morte di quell'uomo. Le cose non sono andate come pensate voi.»

«E come sono andate allora?» replicò Harris in tono inquisitorio.

Evelyn Martin chinò il capo e sprofondò in un assorto silenzio. «Oh Dio, come faccio adesso a spiegarvi?»

Wilson le lanciò uno sguardo penetrante. «Cosa deve spiegare?»

La donna non riuscì ad aprire bocca, perché in quel momento una voce alle nostre spalle rispose alla nostra domanda.

«Non è necessario tormentare con le vostre domande mia sorella, signori. Mi trovavo io al volante della macchina, ed ero da solo.» Greg Martin era comparso sull'uscio, assieme a Andrew Forrest.

«E cosa ci faceva a quell'ora sotto casa del dottore?»

«Evelyn aveva chiesto a Greene di parlarmi. Ma vi giuro che abbiamo appreso della morte di Greene soltanto dai giornali.»

«Un momento, signor Martin. "Abbiamo appreso"? Non ha detto che era da solo in macchina?»

«Cosa? Ho detto proprio così? Mi sarò sbagliato, evidentemente.»

Wilson scosse il pacchetto di sigarette e se ne mise una in bocca, accendendola.

«Suvvia, non sia puerile e ci dica la verità. D'altronde abbiamo anche un testimone disposto a giurare di aver visto almeno due persone in macchina.»

«Signor Martin, mi ascolti attentamente. Sarò franco con lei.» Mi rivolsi a lui con tono paterno: «Vede, lo sceriffo Harris è impaziente di chiudere definitivamente questa maledetta faccenda e di spedire l'omicida sulla sedia elettrica. Dal modo in cui la sta osservando, credo che veda in lei l'uomo giusto da ammanettare. Se ha un po' di amor proprio, le consiglio di chiarirci come sono andate le cose, immediatamente».

Greg diede un'occhiata allo sceriffo, si versò da bere e si accomodò sul divano. «Sono riluttante perché, se parlassi, coinvolgerei una persona che non voglio venga compromessa.»

«Capisco. Si tratta di una donna?»

Greg arrossì e abbassò lo sguardo. «Se saltasse fuori il suo nome, rischieremmo uno scandalo senza precedenti.»

«Perché» replicai «crede che la morte di un uomo sia meno scandalosa?»

L'uomo alzò il capo. «Cosa volete da me?»

«Che ci dica la verità su quella sera.»

«Cosa posso raccontarvi? Alcuni mesi fa, grazie alla raccomandazione della signora Ward, la proprietaria della Wintherton Household Management, ottenni un secondo impiego come giardiniere presso la residenza del pastore Morris. Non era faticoso e anzi, per certi versi, fu un notevole cambiamento nella mia vita. Io sono una persona semplice e taciturna e questo mio carattere attrasse la signora Bennett. Le piaceva venire a curiosare mentre ero al lavoro. Rispondevo alle sue domande sulle piante e sui fiori e le dicevo tutto quello che conoscevo sull'argomento. Con il tempo cominciammo a parlare anche di altre cose, soprattutto di noi due. Non facevamo nulla di male.»

«Sono d'accordo. Prosegua pure.»

«Fu l'inizio di un idillio. Ci frequentammo sempre più assiduamente, venendo a conoscenza di ogni aspetto della nostra vita, del nostro carattere, delle nostre anime. Tutto questo è durato fino a quando…»

«Fino a quando?»

«Fino a quando non ci svelammo le nostre più profonde emozioni e ci scambiammo un bacio» rispose imbarazzato. «Abbiamo mantenuto segreta la nostra relazione per molto tempo e contavamo di farlo ancora, fino a qualche giorno fa.»

«Finché» lo interruppi «la signora Bennett non l'ha informata di aspettare un figlio da lei.»

Greg Martin strabuzzò gli occhi. «Bontà divina, come fa a saperlo?»

«Sono stato messo al corrente di certi disturbi accusati nell'ultimo periodo dalla signora e delle sue frequenti visite all'ambulatorio di Greene.»

Martin scosse la testa. «Ho amato profondamente Meredith, ma questo mio sentimento non ha avuto alcun potere negli eventi che si sono succeduti.» Si interruppe, emise un sospiro e continuò: «A quel punto dovevamo capire come gestire la faccenda. La gente è cattiva e avrebbe spettegolato per mesi. Bisognava proteggere la reputazione di Meredith. D'altro canto lei, e questo mi ha addolorato molto più delle ferite di guerra, non aveva alcuna intenzione di rinunciare allo sfarzo e al tenore di vita che solo il marito poteva offrirgli. Non sapevo che fare.

«Un giorno ne ho parlato a Evelyn e anche lei pensava che ci fosse un solo modo per risolvere il tutto: togliersi quel peso di dosso. Ero disperato all'idea di perdere l'unica cosa bella della mia vita, frutto di un sentimento puro.

«Quella sera non avevo voglia di vedere nessuno e, come è mia abitudine, me ne stavo a ubriacarmi al solito circolo. Volevo soltanto dimenticare. Poi, a un tratto, saranno state le 21.30, ho visto entrare mia sorella con fare risoluto. Mi ha detto che non poteva più sopportare che mi distruggessi la vita in quel modo. Mi ha pregato di raggiungere subito Greene con Meredith, e di parlargli dei nostri problemi. Evelyn era certa che il dottore ci avrebbe aiutato».

«Aspetti un attimo. Perché rivolgersi proprio a Greene?»

«Evelyn mi ha detto che in passato il dottore aveva lavorato come ginecologo. Non era la prima volta che affrontava problemi del genere.»

«Vada avanti.»

«Subito dopo, mia sorella ha telefonato al dottore perché ci ricevesse quella sera stessa. Credetemi, ero confuso e indeciso, ma non volevo darle un dispiacere. Il pastore Morris si trovava fuori città per impegni pastorali, per cui non ho perso tempo.

«Sono andato a prendere Meredith e, assieme a Evelyn, siamo andati sotto casa del dottore. Loro due sono entrate mentre io le ho aspettate fuori. Dopo circa mezz'ora, le ho viste uscire come due furie. Greene aveva rifiutato di far abortire Meredith e lei era inviperita. Non vi ripeterò le parole che ha usato contro quell'uomo.

«Ho cercato di spiegarle il mio punto di vista, dicendole che il bambino era frutto del nostro amore, e che Dio avrebbe perdonato il nostro adulterio benedicendo quella creatura. Meredith non era d'accordo. Mi ha detto di dimenticarmi di lei, che ero stato un piacevole intermezzo nella sua vita e che avrebbe risolto il problema da sola. Sono rimasto in silenzio, non avevo la forza di reagire. Tutto il mio coraggio di un tempo è soltanto un lontano ricordo.»

«E lei, signorina?» domandò Wilson alla sorella. «È ancora di quel parere?»

La donna non aprì bocca. Si rabbuiò, assumendo un aspetto cupo.

«Quanti minuti, per l'esattezza, è rimasto sotto l'abitazione di Greene?» domandò Wilson.

«Non saprei dirlo con precisione. Credo un quarto d'ora, circa.»

«Quindi, riassumendo, alle 21.30 ha parlato con sua sorella al circolo dei veterani. Con buona approssimazione, la signorina Martin ha chiamato il dottor Greene alle 22. Intorno alle 22.30, in compagnia della signora Morris, siete arrivati sotto l'abitazione del dottore.»

Greg Martin annuì. «E ci siamo rimasti, all'incirca, fino alle 23.20. Poi ho riaccompagnato Meredith ed Evelyn, e sono tornato a casa quasi a mezzanotte.»

Wilson aggrottò la fronte pensieroso. «Uhm, le 23.20. Mezz'ora prima che Greene fosse ammazzato.»

«Mi dica» si intromise Harris «durante la sua permanenza fuori dall'abitazione del dottore non ha visto entrare o uscire qualcuno dalla porta di casa?»

«No, sceriffo. Nessuno.»

«Lei, Andrew, può testimoniare che quello che dice il signor Martin corrisponde a verità?» chiesi a mia volta.

«Sì, detective Richards. Greg è rientrato poco dopo la mezzanotte. Mi trovavo a casa già da qualche minuto. Ero appena stato accompagnato dalla mia fidanzata.»

«Ah, la sua fidanzata. Sono contento che abbia trovato una ragazza come Ann.»

«Oh, sì. L'amo perdutamente. Ci stiamo preparando a un comune futuro di felicità. Andremo a vivere in una casa tutta nostra. Siamo stati a cena insieme quella sera; Dio, com'era bella. Avreste dovuto vederla.»

«Va bene, va bene, signor Forrest» lo interruppe stancamente Harris. «Ci parlerà del suo personale idillio in un altro momento.»

«Non si adiri» lo rimproverò Wilson. «Almeno c'è qualcuno che prova sentimenti postivi. Cerchiamo di riflettere e di restare calmi.»

Harris sospirò, stizzito.

A quel punto decisi di rimanere da solo nel salone con lo

sceriffo e Wilson. Per qualche minuto nessuno dei tre emise un sibilo.

Infine, dopo aver tirato qualche boccata di sigaretta, Wilson aprì la bocca: «Sceriffo, quanto tempo occorre, pressappoco, per percorrere la distanza che separa l'abitazione del dottore dalla casa del pastore Morris?».

«Be', credo cinque minuti di macchina.»

«E a piedi?»

«Forse dieci, quindici minuti.»

Osservai perplesso il giudice. «A cosa stai pensando Wilson?»

«Che la viziosa moglie del pastore potrebbe essere tornata sui propri passi e aver eliminato il dottore, perché si era rifiutato di assolvere alla sua terribile richiesta.»

«Uhm… La presenza della gatta a pelo lungo a casa di Greene non ti suggerisce nulla?»

Wilson mi fissò con stupore. «Molto poco. E a te cosa suggerisce?»

«Ricordi che la vecchia Ward ci ha detto che la sua amica è affetta da allergia?»

«Molto bene. E con questo?»

«La signora Bennett, al funerale del dottore, non presentava sintomi di tipo allergico. Se fosse rimasta in quella casa per tutto il tempo necessario a commettere l'omicidio, avrebbe dovuto avere sintomi come raffreddore e occhi arrossati, come ci ha riferito la Ward. Non è certo una difesa solida ma credo che non sia lei la persona che cerchiamo.»

Harris scosse la testa sconfortato.

«Credo che il quadro globale cominci a essere un po' più chiaro. Tuttavia, sento crescere in me un sentimento di vago stupore.»

«Potrebbe essere più preciso?» domandò lo sceriffo speranzoso.

«A tal proposito vi pongo alcuni spunti di riflessione. Sappiamo che Greene, alcuni anni fa, aveva lavorato come ginecologo. Ecco, mi chiedo cosa possa essergli capitato di così doloroso tanto da subirne le conseguenze ancora oggi.»

Wilson fece un sorriso triste. «Purtroppo, non ne sapremo mai abbastanza, a meno che...»

D'un tratto il viso di Harris s'illuminò. «... a meno che la governante dei Forrest non ci riveli qualcosa.»

«Oh sì, è probabile» dissi con noncuranza, mentre tornavo ai miei appunti. «Ma c'è un dato, apparentemente insignificante, che è invece un importante punto di partenza per le nostre riflessioni.» Schioccai le dita. «Il fatto che, nella notte della morte di Smith, Andrew Forrest fosse nel parco ad aspettare la propria fidanzata.»

«E con ciò?»

«Mi domandavo... Può essere un fattore che l'assassino abbia sottovalutato? O forse, più verosimilmente, ne era al corrente ma ha deciso di assumersi ugualmente il rischio di essere scoperto?»

«Può essere una possibilità» concordò Wilson. «Quindi, in quest'ottica, chiunque abbia notato il ragazzo giù in piscina potrebbe essere l'assassino. E chi sapeva che Andrew era in casa?»

«Senza dubbio il maggiordomo. Lui sapeva bene che il ragazzo era rimasto nella tenuta» risposi. «E la signora Morris, che lo ha visto aggirarsi nel parco poco prima dell'omicidio.»

Harris inarcò le sopracciglia. «Dove ci porta tutto questo?»

Lo fissai in volto, serio. «La faccenda è più complicata di quello che crediamo. L'assassino di Reginald deve essere qualcuno che aveva già notato Andrew. Quindi ha atteso che quest'ultimo si allontanasse con la Jones per compiere la sua missione di morte. E delle calze, che idea vi siete fatti?»

«Di quali calze sta parlando?» Harris era stupito.

«Perché vedete» continuai ignorando la domanda «ho come l'impressione di aver già avuto delle informazioni su quel genere di indumento, e questo spiegherebbe...» Mi fermai, accorgendomi delle espressioni perplesse dei miei interlocutori. «Ma no, non datemi retta, nemmeno io so cosa sto dicendo.»

Uscimmo dal salone e ci venne incontro Sam. Prima che i due potessero aprire bocca, presi nuovamente la parola.

«È inutile, Wilson» dissi risoluto. «Non riuscirò a venire a capo di nulla se non ottengo le risposte alle domande che ancora mi assillano, accidenti! Qualcosa mi sfugge, ma sono molto fiducioso: risolveremo il caso.»

«E dove credi di procurarti quelle risposte?»

Scossi la testa senza replicare.

Sam mi aiutò a indossare il cappotto. Presi il cappello e mi diressi al portone. Appena uscito mi investì una folata di vento gelido. Mi strinsi forte con le braccia e trattenni a stento il cappello che avevo in testa. In lontananza si sentivano i sordi rumori dei tuoni, mentre le ombre della sera erano già calate. Tutto il paesaggio era velato da una tenue foschia. Tuttavia, da quella posizione, la luce delle lampade sistemate attorno alla casa e alla piscina illuminava gli ambienti circostanti, rendendo facilmente distinguibili anche i particolari.

Stavo per raggiungere la macchina dove Harris e Wilson mi attendevano con il motore acceso, quando un impulso mi fece tornare indietro.

Osservai l'angolo a sudovest della casa. Alla mia sinistra potevo vedere chiaramente la piscina circondata dalla siepe, mentre a destra si stagliava l'edificio. Il silenzio era rotto solo dal rumore della macchina dello sceriffo. Stavo osservando il luogo del delitto.

Tornai rapidamente sui miei passi. Bussai al portone e Sam venne ad aprirmi. Corsi rapidamente su per le scale, sotto gli sguardi sbigottiti della governante e di Gerald. Mi diressi al secondo piano e poi al terzo, controllando meticolosamente tutte le stanze.

Il clacson dello sceriffo interruppe le mie indagini. Mi affacciai dalla finestra della camera in cui avevano dormito i coniugi Morris.

«Capisco che, non avendo nessuno che l'aspetta a casa, se la prenda comoda, detective Richards» mi disse Harris con un sorriso. «Purtroppo questo non è il mio caso. Mia moglie avrà già preparato la cena e intendo consumarla ancora calda. Le dispiace?» aggiunse, mostrandomi lo sportello aperto.

«Oh, mi scusi, sceriffo Harris» replicai. «Se lo ritiene opportuno, dica pure a sua moglie che il ritardo è da attribuire alla lentezza dei processi mentali di un saccente poliziotto cittadino.»

Harris scoppiò in una fragorosa risata. Lasciai casa Forrest e mi diressi verso l'automobile.

«Cosa intendevi dire con "lentezza dei processi mentali" Lester?» mi chiese invece Wilson.

«Che avrei dovuto arrivare prima a certe conclusioni, mio caro giudice.»

Il viaggio fino al mio albergo trascorse nel più assoluto mutismo. Wilson mi guardava perplesso, ma intuiva che il mio cervello era in piena elaborazione, e non osò disturbarmi.

«Credo di sapere chi ha ucciso Reginald Smith e il dottor Greene» dissi mentre aprivo lo sportello.

Wilson e lo sceriffo rimasero per qualche istante a fissarmi a bocca aperta.

«Ma prima devo dare certezze alle mie deduzioni. Dobbiamo recarci dalla signora Templeton della Wintherton Household Management a fare una bella ricerca. Che ne dici di domattina, Wilson?»

«Vuole rendere partecipe anche me, detective?» chiese Harris con una certa irritazione.

«Ogni cosa a tempo debito, sceriffo. È ovvio che anche lei dovrà prendere parte a questa ricerca.»

«In che modo?»

«Contatti, a titolo ufficiale, la Croce rossa internazionale. Deve recuperare alcune informazioni.»

Così dicendo, pregai lo sceriffo di prendere penna e taccuino e di annotare le mie richieste. Lui scosse la testa perplesso, ma alla fine mi accontentò.

21

La giornata era stata particolarmente intensa e quando rientrai in albergo ero esausto. Mi distesi sul letto e tentai di dormire, inutilmente. La mia mente, pungolata dalle mille vicende, era affollata da strane fantasie e congetture. Non potevo fare a meno di pensare alla liberazione della Francia e alla dipartita degli ebrei e ogni volta che chiudevo gli occhi riuscivo a vedere il viso di ognuna delle persone potenzialmente coinvolte nei due delitti. Un vero e proprio incubo.

Poi, improvvisamente, nel mio cervello si materializzò il viso di John Dalton. Non ne compresi subito il motivo, ma poi ricordai un aneddoto della sua vita che mi parve molto interessante.

Il pomeriggio seguente ottenni dallo sceriffo le informazioni che avevo richiesto e mi recai con Wilson alla Wintherton Household Management.

Il quadro che riuscii a descrivere fu sconvolgente e, a quel punto, non rimaneva altro da fare che rendere pubbliche le mie conclusioni. Chiesi al giudice Wilson e allo sceriffo Harris di riunire tutti quanti nel salone della residenza dei Forrest, in modo tale da fare piena luce sui terribili eventi di quei giorni.

«Signori» esordii affrontando di petto la questione «vi ho fatti riunire tutti quanti qui, nel salone di casa Forrest, perché è venuto il momento di fare chiarezza sul mistero dei terribili omicidi di Reginald Smith e del dottor Greene. Due uomini molto diversi tra di loro, accomunati dall'incontro con un assassino spietato. Non è stato per niente facile, ma ritengo che le prove che ho raccolto rendano le mie conclusioni incontestabili.»

Proprio in quell'istante, Harris abbozzò un sorriso. Lo notai subito.

«Lo so, sceriffo Harris. Lei non ama il mio metodo, ma temo che la verità non possa essere accertata con una condotta superficiale.»

«Probabilmente mi manca la sua preparazione» osservò lui con malcelata ironia.

Wilson aspirò una profonda boccata dalla sigaretta e soffiò lentamente fuori il fumo. «Per cortesia, sceriffo Harris, faccia parlare il detective Richards senza interromperlo.»

Harris borbottò qualcosa, ma si astenne dal replicare.

«Mi faccia capire bene, detective Richards» domandò Meredith Bennett. «Lei conosce l'identità dell'assassino? Se è così perché non la svela subito?»

«Non c'è alcuna fretta, signora» risposi con fare indifferente. «E poi mancano ancora Andrew e la sua fidanzata, la signorina Jones. Non mi sembra corretto iniziare la nostra riunione in loro assenza.»

Feci una breve pausa. Il rumore del motore della macchina mi giunse all'orecchio. Mi avvicinai alla finestra e diedi un'occhiata fuori. Andrew e Ann Jones erano appena arrivati.

«Ora, permettete che esponga il mio ragionamento cominciando dal principio, e cioè dal mattino successivo alla morte di Reginald. La prima cosa che ho osservato sono stati gli allarmi, sul prato e intorno alla casa. Erano rimasti attivi per tutta la notte, impedendo che entrasse qualcuno dall'esterno.

Ne consegue che l'assassino doveva necessariamente celarsi tra coloro che avevano trascorso la notte in casa.»

«Non oso nemmeno immaginare che quel criminale si trovi qui in mezzo a noi!» affermò con enfasi Gerald.

«Ammetto» replicai «che all'inizio è stato molto seccante constatare che tra le persone indiziate ve ne fossero alcune con le quali ho condiviso una fetta importante della mia vita e che inoltre fossero in possesso di alibi che non avremmo mai potuto verificare, eccetto...»

«Un momento, detective Richards» m'interruppe Greg Martin. «Non sarà della stessa opinione anche in merito al mio alibi?»

«Come stavo per dire, eccetto il suo, signor Martin, che a quell'ora era a bere al circolo dei veterani di guerra. La prossima volta, sia cortese, mi lasci finire prima di interrompermi. Ora, parliamo del movente. Molte persone avrebbero beneficiato della morte di Reginald. Prendiamo lei, per esempio, pastore Morris.»

Baldwin Morris sussultò sulla poltrona.

«Doveva parecchio denaro al signor Smith e certamente la sua morte avrebbe estinto il debito. Ma lei è soltanto un pessimo giocatore d'azzardo, non un assassino. Ovviamente, il lavoro sporco avrebbe potuto farlo la sua giovane moglie, Meredith. Passiamo a lei, signorina Martin.»

La governante, dopo un nervoso battito di palpebre, ascoltò le mie spiegazioni.

«Non deve essere stato facile per lei assistere ai continui litigi di Stephanie con il marito, dal momento che siete molto legate. Ha avuto l'infelice idea di giocare con i sentimenti degli altri, come se il benessere dei propri cari giustificasse moralmente ogni azione. Si è spinta fino a scrivere delle lettere, nel tentativo di far innamorare Stephanie del dottor Greene, e nel contempo ha fatto in modo che Reginald si accorgesse della signorina Jones. Ma di questo parleremo dopo. Comunque sia, signorina Martin, la sua è stata una pessima idea.

«E poi, cosa dire di te Gerald? Sebbene avessi deciso di cedere tutto a Reginald, in realtà covavi un profondo rancore verso di lui: ripagava la tua stima e la tua fiducia comportandosi in modo ignobile con tua figlia. Dimmi un po', per quanto un padre può mantenere in silenzio la propria coscienza? Hai dormito nella tua stanza con la signorina Martin, per cui siete uno l'alibi dell'altro.

«Anche di te, Stephanie, avrei potuto sospettare, ma sei l'unica ad avere un alibi perfetto, sebbene costruito da altri: il sonnifero che ti ha propinato la signorina Jones ti ha fatto dormire per tutta la notte.

«E poi il povero dottor Greene, che sopportava a malapena le frequenti battute di Reginald sui suoi anni in Svezia, di cui non conservava buoni ricordi. Greene e Reginald giunsero anche allo scontro almeno in una circostanza, come testimoniato dal signor Edwards. Ma c'è un motivo per cui il dottore non rientra nella mia lista degli indiziati. La serratura della porta della sua stanza era rotta e rammento perfettamente che quella mattina Greene è uscito soltanto grazie all'intervento di Sam. Non avrebbe potuto farlo da solo.»

«E cosa mi dice allora del signor Edwards?» Morris era nervoso.

«Ma come si permette...» reagì l'interessato.

Intervenni con decisione: «Il signor Edwards era vittima di uno sporco ricatto da parte di Reginald, ma non avrebbe avuto alcun motivo di ucciderlo, dal momento che aveva recuperato proprio da lui, qualche tempo prima, una serie di documenti relativi ad alcune sue amicizie compromettenti».

Bussarono alla porta. L'agente Jenkins introdusse Ann Jones.

«Oh, perdonatemi. Non sapevo di questa riunione.»

Stephanie si alzò dalla poltrona e le andò incontro. «Ann, finalmente. Ero in pensiero. Non preoccuparti. Il detective Richards ci stava illustrando le ipotesi della polizia sulla morte di Reginald e del dottor Greene. Dov'è Andrew?»

«È fuori che mi aspetta per tornare in città. Sapessi quante cose belle abbiamo comprato! Ma non vorrei starmene ancora qui a disturbare.»

«Lei non disturba affatto, signorina» mi affrettai a dirle. «La prego, si metta comoda. Ciò che sto per dire interessa anche lei.»

«Se lo dice lei, ubbidisco» rispose con un sorriso.

«È sempre molto gentile, signorina. Stavo esponendo le mie conclusioni ai presenti. Siamo partiti dall'inizio, cioè dalla morte di Reginald Smith. A tal proposito, sappiamo che Reginald è stato ucciso da una dose letale di barbitale, farmaco da lui assunto per la cura dell'epilessia.

«La faccenda è subito sembrata strana, perché il cadavere è stato ritrovato in piscina. È facile chiedersi perché mai Reginald avrebbe dovuto trovarsi là fuori, considerando che si trattava di una notte fredda e piovosa. Probabilmente è stato attirato con uno stratagemma dall'assassino.

«Oh, mi scuso con tutti perché credo di non averlo detto prima. Reginald Smith è stato ucciso e buttato in piscina in un periodo di tempo che coincide, grosso modo, con la sua assenza dalla casa, signorina Jones.»

«Ma, detective Richards, non ricorda?» protestò debolmente la ragazza. «Io ero con Andrew. Lui stesso lo ha confermato.»

«Stia calma, la prego. Nessuno l'accusa dell'omicidio.»

La ragazza accolse la mia replica con un sospiro di sollievo.

«Però, signorina Jones, pretendo da lei una risposta soddisfacente alla domanda che sto per porgerle.»

«Ma perché proprio adesso tutte queste domande, detective Richards? Andrew è impaziente. Devo andare.»

«Ha tutto il tempo per tornare in città, signorina» ribatté Wilson. «Abbia pazienza fino a quando questa storia non sarà chiarita. Informeremo il signor Forrest, capirà senz'altro. Anzi, mi faccia un piacere sceriffo Harris, lo faccia entrare.»

Le labbra della ragazza accennarono appena un sorriso. Attraversò il salone, si piantò davanti a me e si mise a giochellare nervosamente con la catenina d'oro che portava al collo. «Domandi pure, detective. Sono a sua disposizione.»

«Sappiamo che Reginald Smith era solito soddisfare i suoi piaceri lontano dal talamo nuziale. Signorina Jones, ha mai intrattenuto una relazione con Reginald Smith?»

A quella domanda i presenti tacquero. Non si sentì nemmeno un brusio.

La Jones fissò Nathan Edwards. I loro sguardi si incontrarono ed entrambi restarono per qualche attimo senza proferire parola. In quel momento fece la sua comparsa Andrew Forrest.

«Ann, non sei ancora pronta?» le chiese senza indugio guardandosi attorno. «Cosa sta succedendo? Volete spiegarmi, signori?»

«Andrew» le rispose in lacrime la ragazza. «Ti prego, siediti. Più tardi risponderò a tutte le domande che vorrai farmi. Ma adesso stammi vicino.» Poi si rivolse a me: «Credo che conosca già la risposta, detective. Sì, io e Reginald siamo stati amanti».

«Ann» mormorò Stephanie incredula. «Ma cosa stai dicendo? Tu e Reginald? Insieme?»

«Mi dispiace, Stephanie. Non so come sia successo. Lui

era così gentile con me, così pieno di attenzioni. Vedi, non ho avuto molta fortuna con gli uomini, e Reggie era diverso da tutti gli altri. Almeno fino a quando non ho incontrato Andrew.»

«Io… io…» balbettò Andrew.

«È quello che volevo sapere. La ringrazio, signorina.» Ripresi in mano la situazione. «Bene, chiarito questo arcano, vorrei continuare con la disamina dei fatti. Sapete, il punto chiave della mia professione è la scrupolosità con la quale bisogna osservare ogni particolare della scena del crimine. Senza alcun dubbio, ritengo che si tratti del fattore determinante per la ricostruzione dei fatti.

«A tal proposito, ho esaminato attentamente questa abitazione, la sua collocazione rispetto alla piscina e il terreno circostante, la strada, i viali e soprattutto ho vagliato la disposizione delle finestre delle camere da letto. Ora, se consideriamo il lato della casa rivolto a occidente, ci accorgiamo che soltanto due finestre si affacciano sulla piscina, al secondo e al terzo piano. Sam, sarebbe così gentile da ricordarci chi alloggiava in quelle camere?»

«Certo, signore. Erano occupate rispettivamente dalla signorina Jones e dalla cuoca, la signora Evans.»

«La finestra della camera dei signori Morris si affaccia invece sul piazzale antistante il portone d'ingresso. Giusto Sam?»

«Esatto, signore.»

«Quindi se ne deduce che quello che accadeva giù in piscina avrebbe potuto essere notato soltanto dalla signorina Jones o dalla cuoca.»

«Dove vuole arrivare, signor Richards?» mi chiese la governante.

«Sia paziente, la prego signorina Martin, perché prima dobbiamo capire dove fossero in quel momento gli altri ospiti.

Lei e il signor Gerald eravate nella stessa camera, e non ho motivo per dubitarne. Stephanie dormiva per via del sonnifero. Il dottor Greene e il signor Edwards alloggiavano nelle camere ai lati della mia. Sam dormiva, così come i signori Morris. Lei stessa, signorina Jones, dopo aver tranquillizzato Stephanie e mentre stava per raggiungere il suo fidanzato alla Cupido's Shack, ha sentito, attraverso la porta della stanza, il pastore e la moglie che russavano rumorosamente.»

«Sì, ricordo perfettamente.»

«Quindi, signorina, la sua testimonianza conferma l'alibi dei coniugi Morris e di Stephanie. E infine ecco entrare in scena lei, signora Evans, che ha sentito dei rumori provenire dalla piscina poco prima di mettersi a letto. La prego di interrompermi se ricordo male.»

Madge Evans sollevò lo sguardo e annuì. «Continui pure, detective.»

«Si è affacciata alla finestra e ha visto Reginald, in ginocchio, accanto a una misteriosa e terribile figura dai capelli neri e con un mantello rosso.»

«Al solo pensiero sento i brividi lungo la schiena» commentò la donna.

«Amo la filosofia, un po' meno la pittura, ma la sua dettagliata descrizione mi ha fatto riflettere parecchio; mi ha ricordato il particolare di un dipinto della pittrice inglese De Morgan, intitolato *L'angelo della morte*. L'angelo è chinato su un uomo giunto al termine della propria vita, pronto ad accompagnarlo nell'aldilà. Stringe nella mano destra una lunga falce ed è vestito d'un lungo mantello rosso porpora, con un cappuccio. A mio parere, un capolavoro.

«Ma torniamo a noi. Proprio ieri sera, mentre stavamo per metterci in macchina, mi sono reso conto che le condizioni ambientali erano simili a quelle della notte dell'omicidio di

Reginald. Il buio, la nebbia, le luci delle lampade attorno alla piscina. Sono rientrato in casa di corsa, suscitando di certo sbigottimento e ilarità. Salito al terzo piano, mi sono affacciato alla finestra della camera in fondo al corridoio, la sua, signora Evans. Da quel punto la visibilità è così scarsa che risulta quasi impossibile distinguere i contorni. Mi è sorto un dubbio: come ha fatto, signora, a notare tutti i particolari che ci ha riferito il mattino dopo?»

«Cosa vuole dire?»

«È molto semplice. Con la sua menomazione non poteva essere così precisa.»

«Signor Richards, continuo a non capire. E poi, di quale menomazione sta parlando?»

«Vede, il suo bizzarro gusto nel vestire, che la governante non ha mancato di criticare, mi ha ricordato un fatto curioso capitato a John Dalton con i suoi calzini.»

Harris sollevò un sopracciglio. «Ci risiamo con questa storia dei calzini?»

«Sì, i calzini di John Dalton, sceriffo, il famoso fisico inglese del Settecento.»

«Vuoi venire al punto, Lester?» mi pregò Wilson con un pizzico di disappunto.

«Dalton» continuai «era di confessione quacchera. Un bel giorno scandalizzò i suoi correligionari che lo videro passeggiare per le strade di Manchester con dei calzini rossi, quando il loro credo imponeva di vestirsi con colori meno sgargianti. In realtà Dalton era in buona fede: era convinto che l'abito fosse marrone. Si è poi scoperto che l'uomo era cieco al colore rosso.»

Probabilmente stavo esagerando con i miei aneddoti. Lo compresi dall'espressione stupita dei presenti. «Scusate questa divagazione, ma era necessaria per comprendere il resto del mio ragionamento. Ebbene, il mantello e il cappuccio della figura misteriosa di quella notte erano rossi; ma chiedo a lei, signora Evans, come ha fatto a distinguere chiaramente il rosso della veste? Signora Evans, non è affetta per caso da protanopia?»

«Protanopia?» domandò curiosa Stephanie.

«Una forma particolare di daltonismo. Chi ne è affetto non riesce a distinguere il colore rosso.»

«E lei come fa a dirlo?» protestò la Evans.

«La stravaganza del suo stile, signora, non dipende dalla mancanza di gusto, ma dal fatto che non percepisce bene i colori. In più, il vizio di bere deve aver peggiorato la situazione. Credo che quella veste non fosse di colore rosso. Era un espediente per far ricadere i sospetti su Stephanie, che ha una vestaglia simile.»

«Ma allora, diamine» si lasciò scappare Harris «di che colore è la veste dell'assassino?»

«Oh, di nessun colore, sceriffo. Non esiste alcuna misteriosa figura. È stata lei, signora Evans, a uccidere Reginald Smith e a inventarsi la storia dell'angelo della morte.»

«Un momento» m'interruppe Gerald «non vorrai farmi credere che l'assassino di Reggie sia la mia cuoca.»

«A questa domanda, Gerald, credo che potrebbe rispondere proprio la signora Evans.»

«Madge, per amor di Dio, dimmi che non è così, ti prego.»

L'espressione della donna fu più eloquente di qualsiasi risposta.

Tirai fuori dal taschino il mio taccuino. «Vede questo?» le chiesi mostrandoglielo.

«È un'agenda. E allora?»

«Oh, non una semplice agenda. Senza non saprei come fare. Rileggendo i miei appunti mi sono reso conto che c'era qualcosa che non quadrava: non avevo sufficienti informazioni riguardo a lei e al dottor Greene. Ora, per quanto concerne il defunto dottore, non è stato difficile contattare la sede della Croce rossa internazionale per avere informazioni interessanti sugli anni trascorsi in Svezia. Invece, per quel che riguarda lei, signora Evans, io e il giudice abbiamo fatto una breve visita alla sede dell'agenzia Wintherton Household Management, e abbiamo parlato con la segretaria della signora Ward, la signorina Templeton. Ho avuto un fruttuoso colloquio circa le sue passate esperienze professionali.»

La donna accennò un sorriso sprezzante. «Oh, ma davvero? E cosa le avrebbe detto?»

«Particolari sui quali avrebbe fatto meglio a tacere, cara signora. Proviene dal Missouri e nel suo curriculum risulta che ha un passato da pittrice. Ha viaggiato molto in Inghilterra, dove conobbe la famosa pittrice Evelyn De Morgan. Purtroppo, ritornata in patria, non ottenne il successo sperato, perché la sua malattia le impediva di conferire armonia e calore alle sue opere. Una critica severa può stroncare i sogni artistici di chiunque.

«Poco prima dello scoppio della guerra si sposò con un ricco agricoltore, un certo Adam Evans, che le lasciò in eredità una discreta fortuna. Ma il particolare più rilevante è che aveva una sorella più giovane: sposò un giovane ebreo di origini irlandesi che lavorava presso il consolato americano a Parigi. Fu nella capitale francese che i due giovani si trasferirono subito dopo la nascita della loro figlia. Sapete come la chiamarono? Ann Jones, nipote di Madge Evans.»

«Non ha alcun diritto di ricordarmi il passato, detective Richards.» La ragazza proruppe in un pianto disperato e la cuoca corse ad abbracciarla.

«Dio mio, Ann, perché non mi hai mai parlato di tutto questo?» le chiese Andrew.

«Joseph Jones. Era così che si chiamava suo padre, giusto signorina?» proseguii. «Purtroppo la guerra si portò via i suoi genitori e lei rimase da sola. È cresciuta tra privazioni e disagi. Ben presto entrò a far parte della France libre, un gruppo di resistenza francese che preparò il terreno allo sbarco alleato, e per qualche tempo abitò a Dreux.»

Ann strinse forte le mani del fidanzato. «Ti prego, Andrew, amore mio, non credere a tutte queste sciocchezze. E lei, detective Richards, è in grado di dimostrare quello che sta dicendo?» domandò gelida.

«Mi crede uno sciocco, signorina?» replicai. «Se abbassa il colletto del pullover fino alla base della nuca, mostrerò a tutti la verità.»

La ragazza impallidì e non aggiunse una parola. Con le dita tremanti, fece quanto avevo chiesto.

Alla base del collo, vicino la spalla destra, c'era un tatuaggio a forma di croce. «La croce di Lorena, un segno di riconoscimento dei partigiani francesi. Tradisce il suo passato.»

«Va bene, Ann ha una croce tatuata» sbottò Andrew piuttosto confuso. «Ma vuole spiegarci cosa c'entra questo particolare con il caso?»

«Adesso spiegherò ogni cosa. Questa casa, e la sua disposizione, è la chiave per comprendere tutto. Le vecchie case hanno pareti sottili, signorina Jones, e questo particolare le ha permesso di sentire le parole che la signora Morris rivolgeva al marito.

«In più la sua finestra si apriva sulla piscina. Quindi ha potuto ascoltare il litigio tra Reginald e Stephanie, culminato in una confessione: Smith era epilettico e per questo motivo non avrebbe mai dato un figlio alla moglie. Il dottor Greene lo curava con punture di barbitale, che Reginald nascondeva in una boccetta dentro l'armadietto dei medicinali, in bagno. Lei, signorina, odiava quell'uomo perché non voleva rassegnarsi all'idea di vederla legata al cognato.

«Non ha perso tempo, è andata nel bagno della camera di Stephanie e si è impadronita della boccetta e della siringa. Proprio mentre stava uscendo, ha incontrato Stephanie; è stata una sorpresa, ma non si è persa d'animo. Stephanie era sconvolta e ha cercato di confortarla. La donna le ha riferito tutto: il suo difficile rapporto con il marito, i suoi continui tradimenti e di come non avesse speranza di avere un figlio da lui, nonostante fosse una donna giovane e in salute. Stephanie, dopo quello sfogo, le ha chiesto di portarle un sedativo per riuscire ad addormentarsi.

«Poi si è allontanata dalla stanza e si è incontrata con sua zia, nonché sua complice, la signora Evans. Le ha dato il veleno e avete concordato insieme il diabolico piano. Reginald sarebbe stato assassinato mentre lei stava con Andrew a crearsi un alibi di ferro.

«A quel punto non le restava altro che andare all'appuntamento. Per uscire dalla casa ha utilizzato la porta posteriore, quella della cucina.»

Detto questo, invitai tutti quanti a seguirmi nell'atrio dove continuai con la disamina dei fatti: «Immagino che lei, signora Evans, si sia fermata appena fuori dalla porta del salone, accorgendosi della presenza di Reginald che, ignaro di tutto, se ne stava seduto a leggere un libro. All'inizio deve aver pensato di entrare, ma l'idea che Smith la vedesse e si difendesse dal suo attacco l'ha fatta desistere. No, non era possibile. L'unico modo per sorprenderlo alle spalle era quello di attirarlo fuori dalla casa. Doveva soltanto inventarsi uno stratagemma».

Mentre ascoltava, la donna scuoteva la testa e sorrideva.

«Si è nascosta nel buio. È bastato lo scricchiolio dei suoi passi per insospettire Smith, che ha dato una rapida occhiata in giro. È uscito e si è ritrovato vicino alla piscina.

«Solo allora è entrata in azione. L'adrenalina era a mille, non poteva permettersi di sbagliare. Facendo attenzione a evitare il minimo rumore, ha attraversato l'uscio e, sorpresa la vittima alle spalle, l'ha narcotizzata immediatamente. Con la perdita dei sensi, per Smith non c'era più scampo: gli ha iniettato il barbitale in vena. Il povero Smith non ha avuto il tempo di urlare.

«Poi ha trascinato il corpo privo di vita e lo ha buttato in piscina. Terminata la missione di morte, è rientrata in casa chiudendo la porta, ma facendo attenzione a non toccare la maniglia.»

«Questo spiega perché non abbiamo trovato le sue impronte sulla maniglia» commentò Harris.

«La figura diabolica dell'angelo della morte» continuai «se l'è inventata per far convergere i sospetti su Stephanie.»

«E cosa mi dici dell'orecchino di Stephanie?» domandò Gerald.

«Il solito trucco per mettere fuori strada la polizia. L'orecchino l'ha lasciato lei, signora Evans, in piscina. È stato un gioco da ragazzi. Ricordo bene il giorno in cui ci ha aperto il portone di casa: Sam era rimasto a letto in preda all'influenza e ci ha riferito di dover riassettare le camere al posto suo. In questo modo avrebbe anche colpito la governante in ciò che le stava più a cuore, Stephanie Forrest, dandola in pasto allo sceriffo. Non vi siete mai state simpatiche…»

«Un momento, un momento, detective Richards. Ma come è possibile tutto questo?» protestò ancora Andrew. «Se le cose fossero andate come dice lei, quando ho riportato Ann a casa avrei dovuto accorgermi del cadavere di Reginald in piscina.»

«Non esattamente. Quanto è alto, Andrew?»

Il ragazzo strabuzzò gli occhi, incredulo. «Cosa diavolo c'entra la mia altezza?»

«La domanda è pertinente, mi creda. Ripeto, quanto è alto?» Usai un tono più autorevole.

«Sono alto un metro e sessantaquattro» replicò seccamente. «È contento di saperlo?»

«Bene. Se non ricordo male, ci ha riferito che quando ha riaccompagnato a casa la sua fidanzata, si è fermato ben al di qua della siepe.»

«È esatto. Ann non ha voluto che la scortassi fino alla porta di servizio della cucina. Temeva che qualcuno ci vedesse.»

«Molto bene. Risponda ora a quest'altra domanda: come poteva vedere il corpo di Reginald in acqua se la piscina è completamente circondata da quella siepe alta un metro e ottanta? Avrebbe dovuto utilizzare una scala. Non poteva accorgersi del cadavere.»

«Quante sciocchezze sta dicendo il suo amico, professor Forrest.» La Evans si rivolse a Gerald e poi alla governante: «Signora Martin, glielo dica lei che io non saprei nemmeno come fare una puntura».

«Be', in questo si sbaglia, signora Evans, perché ha avuto come maestra sua nipote.»

A quel punto spostai lo sguardo verso Ann Jones. «Come ho già detto, signorina Jones, durante la guerra faceva parte della resistenza. Proprio per questo conosce le nozioni base di medicina utili a fronteggiare e trattare ogni tipo di ferita.

«Dopo lo sbarco in Normandia e la liberazione della capitale francese, l'invasione alleata si allargò a macchia d'olio in tutto il paese. I combattimenti contro le sacche di resistenza nazista furono sanguinosi. Trascorsero giorni di confusione terribile. Era pericoloso per lei rimanere laggiù. Ben presto le fu offerta l'opportunità di rifugiarsi in un paese lontano, la Svezia, che da poco si era avvicinata agli alleati e accoglieva profughi da ogni parte d'Europa, soprattutto ebrei. Tuttavia in quel paese fu vittima di un fatto assolutamente orribile.»

«Adesso basta!» sbottò Andrew guardandomi con cattiveria. «Lei non sa quello che dice. Ann, diglielo che non sei mai stata in Svezia.»

«La verità è raramente pura e mai semplice, diceva Oscar Wilde.» Feci una pausa prima di aggiungere: «La prego, ragazzo mio, non ho ancora finito».

L'uomo fece per parlare ancora, ma Wilson lo fermò con un cenno.

«Al funerale di Reginald» continuai rivolgendomi alla Jones «sono rimasto colpito da due particolari.»

«Quali?» domandò la ragazza.

«Era a conoscenza della malattia di Reginald. Mi sono chiesto come fosse possibile. Il dottor Greene, che ne era a conoscenza in quanto suo medico di fiducia, aveva una tale integrità morale che mai sarebbe venuto meno al patto di riservatezza che lo legava al suo paziente. E d'altronde anche Stephanie non ne aveva fatto parola. L'unica ipotesi è che lo abbiate sentito direttamente dalla bocca di Reginald quella notte, ascoltando dalla finestra della sua camera, esattamente sopra la piscina.»

La ragazza scosse la testa. «Ah, capisco. Quindi ritiene che sia stata io a riferire alla signora Evans della malattia di Reginald, fornendole anche l'arma per ucciderlo.»

«Proprio così. E credo anche che le abbia detto di agire poco dopo il suo incontro con Andrew.»

«Ma che fervida immaginazione, complimenti. Ha parlato, però, di due particolari.»

«Esatto, signorina, e il secondo riguarda proprio lei. Si è lasciata sfuggire un altro elemento che mi ha dato interessanti spunti di riflessione. La solennità dello Yom Kippur, il giorno dell'espiazione, è una festività ebraica che cade sempre tra settembre e ottobre. Ne ha fatto cenno al funerale del povero Smith. Lei è di origini ebraiche.»

Gli occhi della donna brillarono, lanciandomi un'occhiata di sfida. «Parli, parli pure. Ma se, come ha affermato, non ho ucciso Reginald, di cosa vuole accusarmi?»

«Ha preso parte alla morte del dottor Greene, signorina Jones.»

«Dopo tutte queste sciocchezze, comincio ad avere un'opinione diversa sul suo conto.»

«Be', pazienza, cercherò di sopravvivere. Adesso le spiego fin dove si è spinta la mia fervida mente indagatrice. Suppongo che all'inizio lei non ricordasse affatto il pover'uomo. D'altronde erano passati parecchi anni. Ma quando ha udito da Reginald Smith che Greene aveva lavorato all'ospedale di Halmstad, la tragedia di cui fu vittima emerse dalle nebbie del suo passato, in tutta la sua drammaticità.

«Ritengo che nel suo volto il dottor Greene avesse notato qualcosa di familiare. Poi, in qualche modo, si accorse della croce tatuata e quella visione fugò ogni possibile dubbio. Dopo tanti anni, la vittima di quella sua riprovevole condotta era lì, davanti a lui. Cosa poteva fare se non incontrarla per chiedere perdono? Ma, mentre per Greene questa divenne quasi un'ossessione, anche per liberarsi l'anima da un peso opprimente, per lei Greene era soltanto il suo aguzzino. Voleva una cosa sola: la vendetta.

«Il dottor Greene si portava dietro un fardello che gli creava uno stato di perenne inquietudine. Più volte aveva tentato di incontrarla per discutere la questione. Quando, finalmente, ha deciso di accontentarlo, lo ha fatto solo per mettere in pratica il suo piano criminale. L'ha contattato e raggiunto nella sua abitazione. L'arma l'aveva già, silenziosa e letale: il barbitale. Entrata nel suo appartamento, i vostri sguardi si sono incrociati e in quegli attimi ha rivissuto il suo dramma. Il suo carnefice stava in piedi davanti a lei, incapace di agire ancora. Desidera proseguire, signorina?»

«Dio mio!» esclamò Stephanie. «Tu, tu, hai fatto questo al dottor Greene? Ma cosa ti ha fatto per meritare una fine così terribile?»

Il viso della Jones si fece duro e una smorfia di compiacimento le contorse le labbra.

«Sei così bella e piena di fascino, Stephanie» rispose. «Guarda il tuo ventre, mia cara, sembra forgiato dalle stesse mani di Dio per accogliere una nuova vita.»

La donna fece una breve pausa, poi continuò: «E invece quel prepotente di tuo marito l'ha reso arido con la sua mancanza di sensibilità e di amore. Già, proprio così, sterile come il mio. Domando a tutti voi, come poteva continuare a vivere un uomo simile? Ecco perché ho deciso di toglierlo di mezzo. L'ho fatto per te e per me.

«Quella sera, dopo cena, mi ha preso in disparte e mi ha minacciato di riferire a Andrew la nostra passata relazione, se non lo avessi incontrato quella notte. Credimi, ero disperata e non volevo perdere la possibilità che la sorte mi aveva concesso per vivere felice».

Ann Jones cercò comprensione nei nostri sguardi, ma vi scorse solo il riflesso del proprio dolore. Scosse la testa e fece un sorriso.

«Che buffo il destino. Il professore, l'esimio scienziato che per tanti anni aveva sognato una società di individui puri e selezionati, adesso doveva fare i conti con la propria mostruosità. L'altro, di cui il nostro detective elogia l'integrità morale, così perfetto nel predicare il suo amore disinteressato nei confronti degli altri, non era stato capace di metterlo in pratica quel maledetto giorno, con me, vittima innocente di un sistema perverso. Portavo un bambino in grembo, ma non avevo i mezzi per dargli una vita dignitosa.»

Ann Jones s'interruppe, guardandosi attorno. «Cosa avete tutti quanti da guardare? Cosa ne sapete voi di una vita vissuta nell'indigenza? Ero ebrea e per di più una partigiana francese. Per evitare di essere catturata e fucilata dai nazisti, assieme ad altri accettai di rifugiarmi in Svezia.

«In quel paese vissi in condizioni disagiate. Ben presto mi diedi all'alcol e alla prostituzione e un giorno mi accorsi che il mio ventre cresceva sempre di più. Un bambino, ecco cos'era. Un figlio. Ma quale futuro avrei potuto dare a quella piccola vita? Cosa sarebbe diventato, se non un emarginato come me? C'era soltanto una risposta a questo interrogativo... che Dio mi perdoni. Era la più dolorosa delle decisioni, per una madre. Non lo avrei tenuto.

«Mi recai all'ospedale di Halmstad, dove conobbi un giovane medico americano. Tentò di dissuadermi dal praticare l'aborto. Credetti di aver trovato una persona per bene, che capiva il mio dramma. Ma non era così.

«Il giorno dopo venne a trovarmi in camera e mi comunicò che, se volevo abortire, avevo solo una possibilità: dovevo subire anche la sterilizzazione. Non volevo credere a quelle parole. Ero terrorizzata, in preda al panico, mi chiesi cosa stessi facendo in un posto del genere.

«Quel medico mi fissò intensamente. Poi, dopo avermi fatto sedere, posò delicatamente le sue mani sulle mie. Mi disse che non poteva farci niente e che in una società calvinista e puritana come quella svedese, gli individui come me, moralmente ed economicamente incapaci di assicurare un'educazione e un futuro ai propri figli, dovevano essere eliminati dal ciclo riproduttivo. Non avevo scelta perché, in ogni caso, nella mia cartella clinica sarebbe risultato che ero stata io a chiedere la sterilizzazione. Piansi sconsolata e lo pregai di aiutarmi. Gli dissi che le cose per me sarebbero migliorate, avrei avuto altri figli. Per un attimo mi ero illusa di trovare una luce nelle tenebre del suo cuore. Mi sbagliavo.

«Ricordo che mi portarono in sala operatoria e che mi sedarono. L'ultima cosa che vidi fu quel medico che, con un ferro caldo tra le mani, stava per rendermi sterile per sempre. Quando tutto finì, mi ritrovai sola con la mia disperazione. Avevo soltanto ventiquattro anni. Nessuna donna merita una simile crudeltà.

«La sera dell'omicidio, dopo aver riaccompagnato Andrew, stavo tornando a casa quando, a un tratto, ho visto il volto di quell'uomo. Ho deciso all'istante che quella notte avrei risolto la questione per sempre.

«Sono tornata alla tenuta e mi sono fatta notare da Sam. Mia zia Madge doveva tenere impegnato il domestico, così che si dimenticasse di attivare gli allarmi. Ho preso la boccetta con il barbitale e sono uscita nuovamente. Giunta a poche centinaia di metri dalla casa, ho notato la Cadillac con la signorina Martin, il fratello e la moglie del pastore. Ho spento le luci e ho atteso, pazientemente, che se ne andassero.

«Poi, finalmente, sono entrata in casa di quel farabutto. È come se qualcosa fosse scattato nel mio cervello, facendomi impazzire. Gli ho scaricato addosso tutte le mie sventure e le mie angosce. In quel momento non ho pensato alle conseguenze di un gesto inconsulto.»

La donna si coprì il volto con le mani e iniziò a singhiozzare, travolta dalla furia delle sue emozioni.

«Vuole che continui io?»

«No. detective, vado avanti.»

«Come vuole.»

«Vedete, credevo di trovarmi davanti un uomo sprezzante e incapace di riconoscere il dramma che avevo vissuto. Invece si è messo a piangere, mi ha abbracciata e mi ha chiesto di perdonarlo. Credo che non sia stato il timore di essere ucciso a spingerlo a quel gesto... Era davvero pentito. L'ho guardato mentre piangeva ai miei piedi. Gli ho accarezzato la testa e per un istante ho provato un senso di compassione.»

La donna s'interruppe per qualche istante, lo sguardo perso nel vuoto.

«È stato soltanto un attimo. Ho preso dalla borsa il fazzoletto che avevo precedentemente impregnato con il liquido e gliel'ho avvicinato alle narici. Credo che lo desiderasse anche lui. Si è afflosciato ai miei piedi. Poi gli ho iniettato il barbitale in vena, con la siringa. L'ho sollevato di peso e appoggiato sul letto. Sono uscita dall'appartamento e me ne sono andata.»

Il pastore Morris si fece il segno della croce mentre Andrew, profondamente turbato, uscì dal salone in lacrime. Evelyn Martin abbracciò forte Gerald e mentre due agenti ammanettavano la cuoca, l'agente Jenkins si preoccupò di accompagnare Ann Jones alla macchina di servizio.

Poco prima di varcare la porta del salone, la Jones si voltò e domandò: «Lei non approva le mie azioni, detective?».

«Non potrei mai farlo, signorina.»

«Io credo, invece, che in fondo all'anima mi approviate.»

«Signorina, ho scacciato le tenebre dal mio cuore tanto tempo fa. Mi dispiace.»

Appena uscirono tutti, Sam chiuse la porta e subito sentii di avere addosso gli sguardi di tutti i presenti.

Il pastore ruppe il silenzio con una delle sue sentenze: «L'uomo, immerso nel mondo, diventa come il mondo. Semplice contingenza».

«È difficile pensare che Adam Greene, con la sua arte, abbia prodotto tali sofferenze a un suo simile» disse Stephanie quasi incredula.

«Vi vedo piuttosto perplessi, signori. Be', il dottore era un uomo complicato, è vero. Un medico può, con il suo cervello e la sua esperienza, diventare il nemico perfetto dei suoi stessi simili. Ma c'è sempre quel quid, nel profondo della nostra anima che, come uno spietato giudice, ci mette dinanzi ai misfatti da noi commessi. Si chiama rimorso. Esso ci attanaglia e ci soffoca, facendoci sprofondare nell'angoscia, al punto da toglierci la gioia di vivere e la speranza della misericordia di Dio. Diventa come un boia, pronto a emettere la sua dura sentenza di morte. In realtà, credo che Greene conoscesse le intenzioni della Jones e le ha accettate senza battere ciglio. Il peso del suo passato era diventato insostenibile.»

«A me, invece» disse Edwards «sembra quasi impossibile che un angelo come quella ragazza, assieme alla zia, sia la responsabile di tutto questo orrore.»

«A volte si diventa criminali per caso, signore» gli dissi. «E per pura fatalità, ma anche per debolezza e risentimento, si può diventare assassini. A volte si uccide per smarrimento, all'improvviso, perché una notte si fa più nera delle altre, e si spegne la luce della mente, e l'abisso si apre sotto i piedi, e ti inghiotte. Assassini senza volerlo davvero. Senza preavviso, senza motivo, senza un prima e un dopo. Un odio che si fa violenza senza passare dal sentimento, senza mediazioni di parole, di gesti.»

***

Stephanie Forrest fu definitivamente prosciolta da ogni accusa dopo la confessione di Madge Evans, mentre Ann Jones fu accusata di omicidio volontario.

Andrew decise di fare un lungo viaggio in giro per il mondo insieme alla sorella.

Il pastore Morris si separò dalla moglie la quale, per quel che so, perse per cause naturali il bambino che aveva deciso di non tenere. Credo che sia andata a vivere fuori dal Kentucky.

Gerald e la signorina Martin vivono assieme sotto lo stesso tetto.

Greg fa ancora il giardiniere, mentre Nathan Edwards continua la sua attività artistica.

Sam è passato a miglior vita qualche mese fa.

La seguente è la storia del dottor Adam Greene, così come mi fu possibile ricostruirla grazie alle informazioni fornitemi dalla Croce rossa internazionale.

Il dottor Greene era figlio di una giovane coppia di immigrati americani che, a causa della grave crisi economica mondiale del 1929, videro in quel paese un luogo dove vivere in pace, lontano dagli echi della guerra e con prospettive di benessere sociale che il partito socialdemocratico riuscì a mantenere per parecchio tempo.

Dopo la laurea in medicina, il dottor Greene entrò a far parte della Croce rossa svedese e lavorò per parecchi anni in una clinica della città di Halmstad, nella Svezia meridionale.

Nel 1945 accadde qualcosa che condizionò tutta la sua vita. Un caso tristissimo. Gli fu portata in ospedale una giovane prostituta di ventiquattro anni, incinta, che aveva deciso di abortire non disponendo dei mezzi economici per crescere il figlio che portava in grembo. Grande fu il suo stupore quando gli fu imposta, dopo l'aborto, la sterilizzazione, impedendole di avere altri figli in futuro, figli che quella società, perfetta nella teoria, non avrebbe potuto accogliere.

Quel fatto lo turbò profondamente. Tutto quello in cui aveva creduto gli crollò davanti inesorabilmente. Se non ci restano più certezze nella vita, ogni esistenza è portata ad aprirsi su un baratro senza fondo.

Alla fine il pover'uomo decise di lasciare quello che doveva essere il paese ideale, in cui tutti avrebbero potuto vivere un'esistenza felice, e decise di tornare nella patria dei suoi genitori. Lì si sarebbe compiuto il suo destino.

MISTÉRIA

collana di romanzi investigativi, noir e del terrore

Il contratto di Baron Samedi – Eleonora Epis Perani
Le anime volano via – Marco Bovo
Criptocrazia – Paolo Ferrari
Scacco alla regina – Mario Mazzanti
Il valzer degli sfregiati – Guillaume Prévost
Il Paradiso delle donne perdute – Jean-Pierre Perrin
La resa dei conti – Rosario Cuomo
Il riflesso del lupo – Mario Mazzanti
Ossa – Louise Welsh
Messaggeri di morte – Stuart MacBride
Altravita 2.0 – Gianluca Durante
Absolution – Caro Ramsay
Il ballo dello squartatore – Guillaume Prévost
Addio Gerusalemme – Alexandra Schwartzbrod
Il segreto degli Humiliati – Mario Mazzanti
Il labirinto di Atlantide – Álvaro Bermejo
Il canto dei morti – Caro Ramsay
Verità nascoste – Craig Smith
Il numero di Dio – Vincenzo Di Pietro
Lo strano caso di Kirby Logan – Nino Branchina
Melodia fatale – Alberto Ripa, Giorgio Ripa
La scrittura della morte – Francesco Alessandro Veutro
La farfalla di Lana Turner – Simone Cerri
Scomparsa – Evonne Wareham
La famiglia Verta Rey – Paolo Ferrari
La Lancia del destino – Daniel Easterman

Bellezza mortale – Gabrielle Lord
Apocalisse – Vincenzo Di Pietro
Sfida mortale – Pietro Brambati
Gaz! – Mario Mazzanti, Mario Martucci
Com'era dolce l'inferno – Marco Bovo
L'ultimo segreto di Galileo – Aristide Bergamasco
L'ultima mossa – Alberto Ripa, Giorgio Ripa
L'agguato – Noemí Sabugal
Piper – Helen McCabe
A distanza ravvicinata – Henriette Gyland
Il palladio di Atlantide – Giuseppe Rendina
Nel buio oltre la notte – Simone Morgantini
Morte sull'acqua – Leonard Goldberg
L'ospite oscuro – Ignazio Pandolfo
La sindrome del sosia – Francesco Cro
Omicidio a Chinatown – Walter Ghilardi
Dna – Dario Giardi
Attrazione fatale – Alberto Ripa, Giorgio Ripa
Chiave di volta – Bruno Pronunzio
Il Rituale – Helen McCabe
Il principe infernale – Laura Jelenkovich
Le regole del perdono – Francesco Alessandro Veutro
Lo spirito del male – Roberto Blandino
La casa delle bambole – David Hewson
L'ultimo respiro – Luigi Martinuzzi
I sentieri della morte – Ugo Mariani
Senza tregua – Roberta Melli
Doppio gioco – Pietro Brambati
I delitti di Dante – Sergio Conca Bonizzoni
Tango down – Gianluca Durante
Intrigo a New York City – Craig Horowitz, Bill Stanton

I LEONCINI

la collezione del Leone

I diavoli della Zisa – Luca Filippi

Sole nero – Marco Righetti

Il quinto petalo – Francesco Alessandro Veutro

Morire a Calatubo – Maria Patrizia Salatiello

Finito di stampare
nel mese di luglio 2016
per conto di Leone Editore
dalla Prontostampa srl - Verdellino (Bg)
Printed in Italy